一九四八年与夫人施松卿在北京

日子之所以是斑斓的，是因为这世界上有女人。正如草地上有花。

这里的颜色、声音、气味和街里不一样。这里的人也不一样。他们的生活，他们的风俗，他们的是非标准、伦理道德观念和街里的穿长衣念过『子曰』的人完全不同。

这些店铺、这些手艺人使我深受感动，使我闻嗅到一种辛苦、笃实、轻甜、微苦的生活气息。这一路的印象深深注入了我的记忆，我的小说有很多篇写的便是这座封闭的、褪色的小城的人事。

一九九四年在家中作画

我的看似平常的作品其实并不那么老实。我希望能做到融奇崛于平淡，纳外来于传统，不今不古，不中不西。

我还没有笑，一整天。只是我无病的身体与好空气造出的愉快，这愉快一时虽贴近我，但没有一种明亮的欢情从我身体里透出来。

『世故』是什么？是不向高处飞，不向远处走，也不向深处掘发，守定在一个小圈子内过日子。

一想到这些字，他们大都立刻拥有一种战栗的愉快，一种被迫害的光荣，一种自痛的骄傲。说实话，这一类抽象字眼，真不太容易懂得。

一九九三年与夫人施松卿在海南

一个人要使自己的作品有风格，要能认识自己、发现自己，并且，应该不客气地说，欣赏自己。“我与我周旋久，宁作我。”一个人很少愿意自己是另外一个人的。

人间雅量

汪曾祺 著

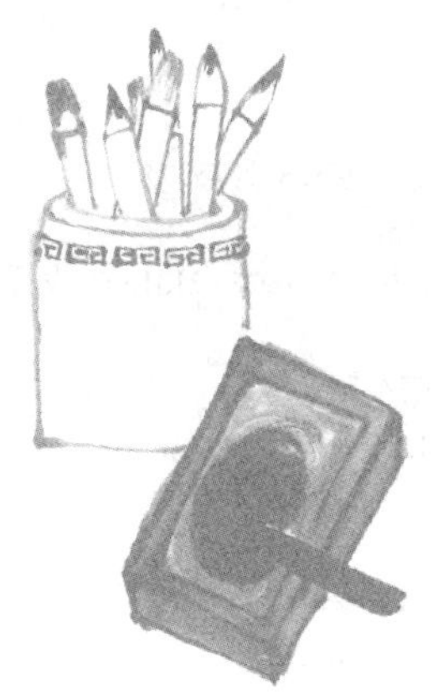

读者出版社

图书在版编目（CIP）数据

人间雅量 / 汪曾祺著. -- 兰州 ：读者出版社，2022.9

ISBN 978-7-5527-0693-2

Ⅰ. ①人… Ⅱ. ①汪… Ⅲ. ①散文集－中国－当代 Ⅳ. ①I267

中国版本图书馆CIP数据核字（2022）第078537号

人间雅量

汪曾祺　著

总 策 划　禹成豪
责任编辑　张　远
装帧设计　公　园

出版发行　读者出版社
地　　址　兰州市城关区读者大道568号（730030）
邮　　箱　readerpress@163.com
电　　话　0931-2131529（编辑部）　0931-2131507（发行部）

印　　刷　山东新华印务有限公司
规　　格　开本 880 毫米 × 1230 毫米　1/32
　　　　　印张 7.5　插页 2　字数 166 千
版　　次　2022 年 9 月第 1 版
　　　　　2022 年 9 月第 1 次印刷
书　　号　ISBN 978-7-5527-0693-2
定　　价　49.80元

目录

辑一 念世安闲

辑二 山河万朵

辑三 浴日漫感

辑四 不为物诱

特辑

辑一

念世安闲

私生活

图像与教训

在浮着虹的影子的水里（一切物质在这里开始领取生命）投下一块酥松的泥砖，跳上去，快！再投下一块，跳上去，快！在手□[①]的错误的铺设下前进。从起点通过过渡、过渡的过渡，跳吧，带一点惊慌，同量的镇定。一切运动的目的无非在求疲倦，直到你投下最后一块泥砖，你用复仇的眼睛看它消融，如一块未经压制的吸墨纸，一块看过许多雨天的方糖。

作客的摹想

我租一座房子安放自己。很久以前我知道这房子式样很平凡，但也不少其别致处，我知道这房子有数不清的窗子，像海绵的孔。

连我的居停都未有机缘一见，我差不多一直就被一个偶然安

① 原稿漫漶无法辨认，故用“□□”替代，后文同。

排在墨绿而银灰的线条的四壁之中，用一种奇异的纸糊住一切可以伸一根牵牛的触须的缝隙，一切光用多坚诚的朝山的苦心来我的眼睛里沉沦呵。

我并非不知道我有很多邻舍，他们无声无息地嚣闹着，令我莫名其妙，如落进一个旋涡里。我有时大声咳嗽，打喷嚏，想要他们知道我，但是他们似乎全不注意。一天，我忽然走出房门，像一个大病新瘥的那么虚晕。我与邻舍一一见过。

一片早安与晚安的声音如早潮与晚潮一时涌向了我。我的眼球转遍了数字以外的度数。

外面的空气与里面的完全不同。

我很虚怀若谷地逐一叩问他们的姓名。您？——您？——您？——天，他们的答复像一个图章上印出来的。于是，我不得不问问自己。

蛊

中年人的游戏大都在没人看见的时候。

（我在中年人前显然比不上他们，在年轻人里面则比谁都老一点。）

我有一个回廊，用平滑的大理石砌成，发着透明的热铁投入冷水里后发出的蓝色光泽，有郁□的虞美人□瓣子的浮游的图案，这图案是大理石上生就的，绝非画上去的，浮游着，如反映在桥的洞里的波浪的光。它是由无数穹门连缀起来的，深和空弥漫在里面，因为是圆的，所以和天一样高。

我散步在里面，当我把自己完全还给自己以后（平常我把自己不计价出租给人家）。我可以随意划分昼和夜了，因为回廊内有无数不同光度的灯，如清明时节大苗圃里点种树秧的小潭，整整齐齐地排开，有许多开关，像舞台上用的电闸板一样，一伸手即可调节它们，配合成心的需要。

一天，我跨进回廊，开了第一盏灯，最暗与最近的。一只蛾子飞进来了，差不多从我的头发里飞了出来。——后来我发现它，觉得和肺病一样，我觉得头上有一个影子的重量。

出于本能，我开了第二盏灯（第二个距离与第二个强度的），它立刻飞进一点，更清楚了一点。

我又赶快灭这盏灯，灭那盏灯。蛾子总是在最强的光的圆心上飞，我不知道它落了多少粉在我的回廊里了。

永远辞别暗，追逐光，它是旅程，是一支颠来倒去的插在严冰与沸水之间的温度计的水银柱。

我还能散什么步呢。

家信

（一）

小孩子知道自己已经能走了，该是多么惊喜。从两只盛满爱意的手中解放出来，得到地的经验感觉了□□，那一刻，他实在是一个小狂人，看他笑得那么尽情。到真能离开手时，他认为平坦已经熟知，更来一些新的，他要。于是门槛、台阶，这些世界的边界来接近他、引诱他了。他不知这手脚分工原则，短短的，肥肥的，有环节有窝的，凡可着力处都着了力。莫笑，莫让他为努力与成功含羞。而且只需偷偷地看着就行了，不要露出准备帮忙的样子。好母亲，他跟你一样的敏感呢。为了更加深你的爱，你压制住一点。嘘，你的花，花落在地毯上了：我要提醒你移开你的眼睛了。

（二）

家里很静。但这种静与小学校课堂里的不同。昨天送孩子去上学，我想起我们从前小心藏住自己的声音，就像藏住口袋里的一只黄嘴麻雀一样。好在这是有限度的。先生说，你们一齐读吧：

“亚洲的东部……”

“公元前四百七十一年……”

声音里有共同的欢喜。一面读，一面听：下课铃是世间最响的声音。到了家，孩子是你的了。我只想现在我们是属于静的，静不为我们所有。一种没有起始也没有结果的静，那么温和，那么精致，那么忧郁。

我心里背着各种花名，看能背得多少。

烧花集

一叶落而天下知秋。秋与知是否邈不相关？二而一？管它！落下一片叶子是真的。普天下绝不能有两片叶子同时落，然而普天下并是那一个风也。只要是吹的，不管什么风。风不可捕，我拾起这片叶子。红的么?

我的欢情，那一枝……

一片寂静的树枝中，有一枝动了，颤巍巍的；韵律与生命合成一体，如钟声。于是我想起，一只小鸟，蹬一蹬，才从这里飞去。静是常，动是变，然而任何一刻是永远。

“有笑的一刻，就有忆笑的一刻”，一笑是无穷。

没有人能够在看到之后才认识。你是跟我的生命一齐来的。“美的定义是引起惊讶与感到舒适”；后者是已经熟悉的，前者是将会熟悉的：希望的眼睛与回忆的眼睛有同样的光，因为它们本来是一个。回忆未来的风雨晴晦，你看，天上的云，多真实。

水至清则无鱼，然而历历可数岂非极可喜境界?

——历历可数么？不可能的。一尾，两尾，三，四……虎皮石边，白萍动了，一个水花儿，银鳞翻闪，啢，红蓼花边的眼睛映一点夕阳如珠。多少了？忘了。单是数本身就是件弄不清的事。“我还没有到能静静分析自己的年龄”，永远也到不了。

“想到你的爱特别是一种头脑的爱，一种温情与忠诚的、美而智的执着。”芥龙为这句话激恼了。

一枝西番莲以绿象牙的嫩枝自陶缶中吮收水分。一只满载花粉的蜜蜂触动花瓣，垂着细足飞出窗外。幸福可见如十指。

附烧花集题记

终朝采豆蔻，双目为之香。一切到此成了一个比喻，切实处在其无定无边。虽说了许多话，则与相对嘿无一语差不多少，于是甚好。我本有志学说故事，不知什么时候想起可以用这样文体作故事引子，一时怕不会放弃。去年雨季写了一点，集为《昆虫书简》，今年雨季又写了《雨季书简》及《蒲桃与钵》，这《烧花集》则不是在淅沥声中写的了。□是一个不同耳，故记之。“烧花”是什么意思，说法各听尊便可也。谁说过“花如灯，亮了”，我喜欢这句话，然于“烧花”亦自是无可不可。

卅二年十二月二日

星期天

海绵球拍

郊区公共汽车站是热闹的。因为这里的乘客是怀着更明确、更热切的目的的，所以比市区车站更充满着生气。

什么时候盖起了这样的候车的回廊？这真好。这样乘客可以不受雨淋日晒，而且这设计得真有巧思，这不太像是个候车的地方，倒更像是个游览的地方，这可以减少或冲淡乘客的焦急，使他们觉得生活更为轻快。感谢这位通达人情的工程师。

在回廊的短栏上坐着一个小伙子，他手里握着一个全新的海绵球拍。他不看别的候车的人，也不打算买一份报。他的眼睛里有点恍惚，他的握着球拍的手指轻微地但是强烈地在拨动，甚至他的肢体也在隐约地展缩着。（他的坐定的身躯里透露出无穷的姿态）很显然，他完全浸沉在乒乓球的音乐和诗意里了，幸福的年轻人！

现在是九点半钟。你一定是一清早就爬起来，带好了钱，跳上公共汽车，一进城，马上奔到百货大楼："要一个海绵球拍！"你拿到球拍，心剧烈地跳着，出了门，撕下包拍子的纸，你急切地要用你的手抓住这个拍子，一转身，立刻又赶到汽车站——你今天将要跟谁赛一场呢？你要怎样来试用你这只崭新的拍子呢？

我问你，你赞成王传耀还是赞成姜永宁？我还是喜欢姜永宁，因为……

竹壳热水壶

这是一个可以入画的鞋匠。

我有一次拿了一只孩子的鞋去找他。他不在，可是他的摊子在。他的摊子设在街道凹进去的一小块平地的南墙之下，旁边有一个自来水站——有时，他代管水站的龙头。他不在。他的摊子后面的墙上一边挂着一只鸟笼，一只黄雀正在里面剔羽；一边挂着一个小木牌，黄纸黑字，干净鲜明："××制鞋生产合作社第×服务站"。这个小木牌一定是他亲手粘好，亲手挂上去的，否则不会这样地平妥端正，这样挂得是地方。丰子恺先生画过一幅画，画的正是这样一个鞋匠，挑了一副担子，担子的一头是一个鸟笼，题目是《他的家属》。这是一幅人道主义的，看了使人悲哀的画。这个鞋匠叫人想起这幅画。但是这个鞋匠跟那个鞋匠不同，他是欢快的，他没有排解不去的忧愁。他没有在，他的摊子在。他的摊子，前面一箱子修好的鞋，放得整整齐齐的，后面一个马扎子。箱子上面压着一张字条：

鞋匠回家吃饭去了，

取鞋同志请自己拣出拿走。

他不在，我坐在他的马扎子上，掏出一根烟来抽——今天是星期天，请容许我有这点悠闲。

过了一会儿，他来了。我把鞋拿给他看：

“前面绽了线。”

“踢球踢的！明天取。”

“哎，不行，今天下午我要送他回托儿所！”

他想了一想，说：

“下午四点钟——过了四点我就不在了。”

这双鞋现在还穿在我儿子的脚上。

每次经过这里时，我总要向他那里看看。

我从电车里看出去。他正在忙碌着，带着他那有条有理、从容不迫的神态。他放下手里的工作，欠起身来，从箱子旁边拿起一个竹壳热水壶，非常欣慰地，满足地，把水沏在一把瓷壶里。感谢你啊，制造竹壳热水壶的同志，感谢你造出这样轻便、经济，而且越来越精致好看的日用品，你不知道你给了人多少快乐，你给了他的，同时又给了我的。感谢我们这个充满温情的社会。

托儿所的星期天

托儿所的星期天，充满了阳光和安静。秋千索子静静地垂着，跷跷板停留在半空中，一对白蝴蝶在攀登架上绕来绕去。大妈把孩子们的衣裳洗出来了，晾满了一条一条长长的绳子。刚晾上去不大一会儿，绳子上分量挺沉——真热闹，多少种颜色呀！远远听见一声一声摔打和破裂的声音，炊事员老王在伙房门前劈劈柴。小桥旁边的桃花开了……

小二班隔离室里，李淑琴阿姨正在守着二玲。二玲病了。李淑琴阿姨一早上就守在这里了。窗纱掩着，屋里光线暗暗的，一个捷克小闹钟唧唧地走着。李淑琴阿姨一边看着二玲，一边轻手轻脚地做着事情。李淑琴阿姨觉得，二玲的烧大概是退了。李淑琴阿姨看看二玲，二玲平平地贴在床上，深深地呼吸着，睡得又累又舒服。李淑琴阿姨轻轻地走过去，轻轻地但是实在地按了按二玲的额头：没问题，完全退尽了。

李淑琴阿姨直起身来（她也像二玲那样呼吸着），轻轻地走出房门。一看到满地鲜亮、强烈的阳光，她忽然非常想洗一个头。

一技

珠花

北门口有一家穿珠花的。我小时候，妇女出客都还兴戴珠花。每次放学路过，我总愿意到这家穿珠花的作坊里去看看。铺面很小，只有一个老师傅带两个徒弟做活。老师傅手艺非常熟练。穿珠花一般都是小珠子——米珠。偶尔有订珠花的人家从自己家里拿来大珠子，比如听说有一个叫汪炳的，他娶亲时新娘子鞋尖的四颗珍珠有豌豆大！一般都没有用这样大的珠子穿珠花的，那得做别的用处，比如钉在“帽勒子”上。老师傅用小镊子拈起一颗一颗米珠，用细铜丝一穿，这种细铜丝就叫作“花丝”。看也不看，就穿成了一串，放在一边（我到现在还不明白那么小的珠子怎样打的孔）。珠串做齐，把花丝扭在一起，左一别，右一别，加上铜托，一朵珠花就做成了。珠花有几种式样，以“凤穿牡丹”“丹凤朝阳”最多。

现在戴珠花的几乎没有了，只有戏曲旦角演员的“头面”上还用，但大都是玻璃料珠。用真的“珍珠头面”的，恐怕很少了。

法蓝点翠

“法蓝”是在银首饰（主要是簪子）上錾出花纹，在花纹空处填以珐琅彩料，用吹管（这种吹管很简单，只是一个豆油灯碗，放七八根灯草，用一根铜管呼呼地吹）吹得珐琅彩料与银器熔为一体，略经打磨，碱水洗净，即成。

“点翠”是把翠鸟的翅羽剪成小片，按首饰的需要，嵌在银器里，加热，使“翠”不致脱落，即可。

齐白石题画翠鸟：“羽毛可取。”翠鸟毛的颜色确实无可代替。但是，现在旦角头面没有“点翠”的，大都是化学药品染制的绸料贴上去的了。

真的点翠现在还不难见到，十三陵定陵皇后的凤冠就是点翠的。不过大概是复制品，不是原物。

葡萄常

葡萄常三姐妹都没有嫁人。她们做的葡萄（作为摆设）别的倒也没有什么稀奇：都是玻璃吹出来的，很像，颜色有紫红的、绿的；特异处在葡萄皮外面挂着一层轻轻的粉，跟真葡萄一样。这层薄薄的粉是怎么弄上去的？——常家不是刷上去或喷上去的。

多少做玩器的都琢磨过，琢磨不出来。这是常家的独得之秘，不外传。这样，才博得“葡萄常”的名声。

常家三姐妹相继去世，“葡萄常”从此绝矣。

牌坊

——故乡杂忆

臭河边南岸有三座贞节牌坊。三座牌坊大小、高矮、式样差不多，好像三姊妹，都是白石头。重檐，方柱。横枋当中有一块微向前倾的长方石头，像一本洋装书，上刻两个字：圣旨。这三座牌坊旌表的是什么人，谁也没有注意过。立牌坊的年月是刻在横枋的左侧的，但是也没有人注意过。反正是有了年头了。牌坊整天站着，默默无言。太阳好的时候，牌坊把影子齐齐地落在前面的土地上。下雨天，在大雨里淋着。每天黄昏，飞来很多麻雀，落在石檐下面、石枋石柱的缝隙间，叽叽喳喳，叫成一片。远远走过来，好像牌坊自己在叫。

听到过一个关于牌坊的故事。

有一家，姓徐，是个书香人家，徐少爷娶妻白氏，貌美而贤惠，知书达理。不幸徐少爷得了一场伤寒，早离尘世。徐少奶奶这时才二十四五岁，年轻守寡。徐少爷留下一个孩子，才三岁。

徐少奶奶就守着这个孩子，教他读书习字。

转眼二十年过去了，孩子已经长大成人。孩子很聪明，也用功，功名顺利，由秀才、举人，一直到中了进士。

这年清明祭祖，徐氏族人聚会，说起白夫人年轻守节，教子成名，应该申报旌表，为她立牌坊。儿子觉得在理，就回家对母亲说明族人所议。

白夫人一听，大怒，说：

“我不要立牌坊！”

说着从床下拖出一个柳条笸斗，笸斗里是一斗铜钱。白夫人把铜钱往地板上一倒，说：

“这就是我的贞节牌坊！”

原来，白夫人每到欲念升起，脸红心乱时，就把一斗铜钱倒在地板上，滚得哪儿都是，然后俯身一枚一枚地拾起来，这样就岔过去了。

儿子从此再也不提立牌坊的事。

三圣庵

祖父带我到三圣庵去，去看一个老和尚指南。很少人知道三圣庵。

三圣庵在大淖西边。这是一片很荒凉的地方，长了一些野树和稀稀拉拉的芦苇，有一条似有若无的小路。

三圣庵是一个小庵，几间矮矮的砖房，没有大殿，只有一个佛堂，也没有装金的佛像。供案上有一尊不大的铜佛，一个青花香炉，清清爽爽，干干净净。

指南是个戒行严苦的高僧。他曾在香炉里烧掉两个食指，自号八指头陀。

他原来是善因寺的方丈。善因寺是全城最大的佛寺，殿宇庄严，佛像高大。善因寺有很多庙产。指南早就退居，——“退居”是佛教的说法，即离开方丈的位置，不再管事。接替他当善因寺的方丈的，是他的徒弟铁桥。指南退居后就住进三圣庵，和尘世完全隔绝了。

指南相貌清癯，神色恬静。

祖父和他说了一会话，——他们谈了一些什么，我已经没有印象，就告辞出庵了。

他的徒弟铁桥和指南可是完全不一样。他是一个风流和尚，相貌堂堂，双目有光。他会写字，会画画，字写石鼓文，画法吴昌硕，兼学任伯年，在我们县里可以说是数一数二。他曾在苏州一个庙里当过住持，作画题铁桥，有时题邓尉山僧。他所来往的都是高门名士。善因寺有素菜名厨，铁桥时常办斋宴客，所用的都是猴头、竹荪之类的名贵材料。很多人都知道，他有一个相好的女人。这个女人我见过，是个美人，岁数不大。铁桥和我的父亲是朋友。父亲年轻时刻过一套《陋室铭》印谱，就是铁桥题的签。父亲续娶，新房里挂的是一幅铁桥的画，泥金地，画的是桃花双燕，设色鲜艳，题的字是“淡如仁兄嘉礼弟铁桥敬贺”。父亲在新房里挂一幅和尚画的画，铁桥和俗家人称兄道弟，他们都真是不拘礼法。我有时到善因寺去玩，铁桥知道我是汪淡如的儿子，就领我到他的方丈里吃枣子、栗子之类的东西。我的小说里所写的石桥，就是以铁桥作原型的。

高邮解放，铁桥被枪毙了，什么罪行，没有什么人知道。

前几年我回家乡，翻看旧县志，发现志载东乡有一条灌溉长渠，是铁桥出头修的。那么，铁桥也还做过一点对家乡有益的事。

我不想对铁桥这个人做出评价。不过，我倒觉得铁桥的字画如果能搜集得到，可以保存在县博物馆里。

由三圣庵想到善因寺，又由指南想到铁桥，我这篇文章真是信马由缰了。为什么要写这篇文章呢？我只是想说：和尚和和尚不一样，和尚有各式各样的和尚，正如人有各式各样的人。

我直到现在还不明白我的祖父为什么要带我到三圣庵，去看指南和尚。我想他只是想要一个孙子陪陪他，而我是他喜欢的孙子。

炸弹和冰糖莲子

我和郑智绵曾同住一个宿舍。我们的宿舍非常简陋，草顶、土墙；墙上开出一个一个方洞，安几根带皮的直立的木棍，便是窗户。睡的是双层木床，靠墙两边各放十张，一间宿舍可住四十人。我和郑智绵是邻居。我住三号床的下铺，他住五号床的上铺。他是广东人，他说的话我“识听呣识讲”，我们很少交谈。他的脾气有些怪：一是痛恨京剧，二是不跑警报。

我那时爱唱京剧，而且唱的是青衣（我年轻时嗓子很好）。有爱唱京剧的同学带了胡琴到我的宿舍来，定了弦，拉了过门，我一张嘴，他就骂人：

“唱什么！猫叫！”

那两年日本飞机三天两头来轰炸，一有警报，联大同学大都“跑警报”，从新校舍北门出去，到野地里待着，各干各的事，晒太阳、整理笔记、谈恋爱……直到“解除警报”拉响，才拍拍身上的草末，悠悠闲闲地往回走。“跑警报”有时时间相当长，得一两小时。郑智绵绝对不跑警报。他干什么呢？他留下来煮冰糖莲子。

广东人爱吃甜食，郑智绵是其尤甚者。金碧路有一家广东人开的甜食店，卖绿豆沙、芝麻糊、番薯糖水……番薯糖水有什么吃头？然而郑智绵说“好嘢！”，不过他最爱吃的是冰糖莲子。

西南联大新校舍大图书馆西边有一座烧开水的炉子。一有警报，没有人来打开水，炉子的火口就闲了下来，郑智绵就用一个很大的白搪瓷漱口缸来煮莲子。莲子不易烂，不过到解除警报响了，他的莲子也就煨得差不多了。

一天，日本飞机在新校舍扔了一枚炸弹，离开水炉不远，就在郑智绵身边。炸弹不大，不过炸弹带了尖锐哨音往下落，在土地上炸了一个坑，还是挺吓人的。然而，郑智绵照样用汤匙搅他的冰糖莲子，神色不动。到他吃完了莲子，洗了漱口缸，才到弹坑旁边看了看。捡起一个弹片，弹片还烫手。

一九九七年三月十八日

吴大和尚和七拳半

我的家乡有“吃晚茶”的习惯。下午四五点钟，要吃一点点心，一碗面，或两个烧饼或“油端子”。一九八一年，我回到阔别四十余年的家乡，家乡人还保持着这个习惯。一天下午，“晚茶”是烧饼。我问：“这烧饼就是巷口那家的？”我的外甥女说：“是七拳半做的。”“七拳半”当然是个外号，形容这人很矮，只有七拳半那样高。这个外号很形象，不知道是哪个尖嘴薄舌而又极其聪明的人给他起的。

我吃着烧饼，烧饼很香，味道跟四十多年前的一样，就像吴大和尚做的一样。于是我想起吴大和尚。

我家除了大门、旁门，还有一个后门。这后门即开在吴大和尚住家的后墙上。打开后门，要穿过吴家，才能到巷子里。我们有时抄近，从后门出入，吴大和尚家的情况看得很清楚。

吴大和尚（这是小名，我们那里很多人有大名，但一辈子只以小名“行”）开烧饼饺面店。

我们那里的烧饼分两种。一种叫作“草炉烧饼”，是在砌得高高的炉里用稻草烘熟的。面粗，层少，价廉，是乡下人进城时买了充饥当饭的。一种叫作“桶炉烧饼”。用一只大木桶，里面糊了一层泥，炉底燃煤炭，烧饼贴在炉壁上烤熟。“桶炉烧饼”有碗口大，较薄而多层，饼面芝麻多，带椒盐味儿。如加钱，还可“插酥”，即在擀烧饼时加较多的“油面”，烤出，极酥软。如果自己家里拿了猪油渣和霉干菜去，做成霉干菜油渣烧饼，风味独绝。吴大和尚家做的是“桶炉”。

原来，我们那里饺面店卖的面是“跳面”。在墙上挖一个洞，将木杠插在洞内，下置面案，木杠压在和得极硬的一大块面上，人坐在木杠上，反复压这一块面。因为压面时要一步一跳，所以叫作“跳面”。“跳面”可以切得极细极薄，下锅不浑汤，吃起来有韧劲而又甚柔软。汤料只有虾子、熟猪油、酱油、葱花，但是很鲜。如不加汤，只将面下在作料里，谓之“干拌”，尤美。我们把馄饨叫作饺子。吴家也卖饺子。但更多的人去，都是吃“饺面”，即一半馄饨，一半面。我记得四十年前吴大和尚家的饺面是一百二十文一碗，即十二个当十铜圆。

吴家的格局有点儿特别。住家在巷东，即我家后门之外，店堂却在对面。店堂里除了烤烧饼的桶炉，有锅台，安了大锅，卖面及饺子用；另有一张（只一张）供顾客吃面的方桌。都收拾得很干净。

吴家人口简单。吴大和尚有一个年轻的老婆，管包饺子、下面。他这个年轻的老婆个子不高，但是身材很苗条。肤色微黑。眼睛狭长，睫毛很重，是所谓“桃花眼”。左眼上眼皮有一小疤，想是小时生疮落下来的。这块小疤使她显得很俏。但她从不和顾客眉来眼去，卖弄风骚，只是低头做事，不声不响。穿着也很朴素，只是青布的衣裤。她和吴大和尚生了一个孩子，还在喂奶。吴大和尚有一个妈，整天也不闲着，翻一家的棉袄棉裤，纳鞋底，摇晃睡在摇篮里的孙子。另外，还有个小伙计，“跳”面、烧火。

表面上看起来，这家过得很平静，不争不吵，其实不然。吴大和尚经常在夜里打他的老婆，打得很重，用劈柴打，我们隔着墙都能听见。这个小个子女人很倔强，不哭，不喊，一声不出。

第二天早起，一切如常，该干什么还干什么。吴大和尚擀烧饼，烙烧饼；他老婆包饺子，下面。

终于有一天吴大和尚的年轻的老婆不见了，跑了，丢下她的襁褓里的孩子，不知去向。

我从小就对这个女人充满了尊敬，并且一直记得她的模样，记得她的桃花眼，记得她左眼上眼皮上的那一小块疤。

吴大和尚和这个桃花眼、小身材的小媳妇大概都已经死了。现在，这条巷口出现了七拳半的烧饼店。我总觉得七拳半和吴大和尚之间有某种关联，引起我一些说不清楚的感慨。

七拳半并不真是矮得出奇，我估量他大概有一米五六，是一个很有精神的小伙子。他是一个名副其实的“个体户”，全店只有他一个人。他不难成为万元户，说不定已经是万元户，他的烧饼做得那样好吃，生意那样好。我无端地觉得，他会把本街的一个最漂亮的姑娘娶到手，并且这位姑娘会真心爱他，对他很体贴。我看着七拳半把烧饼贴在炉膛里的样子，觉得他对这点充满信心。

两个做烧饼的人所处的时代不同。我相信七拳半的生活将比吴大和尚的生活更合理一些，更好一些。

也许这只是我的希望。

辑二

山河万朵

旅途杂记

半坡人的骨针

我这是第二次参观半坡，不像二十年前第一次参观时那样激动了。但我还是相当细致地看了一遍。房屋的遗址、防御野兽的深沟、烧制陶器的残窑、埋葬儿童的瓮棺……我在心里重复了二十年前的感慨——平平常常的、陈旧的感慨：我们的祖先就是这样生活下来的，他们生活得很艰难——也许他们也有快乐。人就是这样生活过来的。生活是悲壮的。

在文物陈列室里，我看到石锛。我们的祖先就是用这种完全没有锋刃，几乎是浑圆的石锛劈开了大树。

我看到两根骨针。长短如现在常用的牙签，微扁，而极光滑。这两根针大概用过不少次，缝制过不少衣裳——那种仅能蔽体的、粗劣的短褐。磨制这种骨针一定是很不容易的。针都有鼻。一根的针鼻是圆的；一根的略长，和现在用的针很相似。大概略长的针鼻更好使些。

针是怎样发明的呢？谁想出在针上刻出个针鼻来的呢？这个人真是一个大发明家，一个了不起的聪明人。

在招待所听几个青年谈论生活有没有意义，我想，半坡人是不会谈论这种问题的。

生活的意义在哪里？就在于磨制一根骨针，想出在骨针上刻个针鼻。

兵马俑的个性

头一个搞兵马俑的并不是秦始皇。在他以前，就有别的王者制造过铜的或是瓦的一群武士，用来保卫自己的陵墓。不过，规模都没有这样大。搞了整整一师人，都与真人等大，密匝匝地排成四个方阵，这样的事，只有完成了“六王毕，四海一”的大业的始皇帝才干得出来。兵马俑确实很壮观。

面对着这样一个瓦俑的大军，我简直不知道对秦始皇应该抱什么感情。是惊叹于他的气魄之大，还是对他的愚蠢的壮举加以嘲笑？

俑之上，原来据说是有建筑的，被项羽的兵烧掉了。很自然地，人们会慨叹：“楚人一炬，可怜焦土。”

有人说，始皇陵兵马俑是世界第八奇迹。

单个地看，兵马俑的艺术价值并不是很高。它的历史价值、文物价值，要比艺术价值高得多。当初造俑的人，原来就没有把它当作艺术作品，目的不在使人感动。造出后，就埋起来了，当时看到这些俑的人也不会多。最初的印象，这些俑，大都只有共性，即只是一个兵，没有很鲜明的个性。其实就是对于活着的士卒，从秦始皇到下面的百夫长，也不要求他们有什么个性，有他们的个人的思想、情绪。不但不要求，甚至是不允许的。他们只是兵，或者可供驱使来厮杀，或者被“坑”掉。另外，造一个师的俑，要来逐一地刻画其性格，使之互相区别，也很难。即或是把米开朗琪罗请来，恐怕也难于措手。

我很怀疑这些俑的身体是用若干套模子扣出来的。他们几乎都是一般高矮。穿的服装虽有区别（大概是标明等级的），但多大同小异。大部分是短褐，披甲，着裤，下面是一色的方履。除了屈一膝跪着的射手外，全都直立着，两脚微微分开，和后来的“立正”不同。大概那时还没有发明立正。如果这些俑都是绷直地维持立正的姿势，他们会累得多。

但是他们的头部好像不是用模子扣出来的。这些脑袋是“活”的，是烧出来后安上去的。当初发掘时，很多俑已经身首异处；现在仍然可以很方便地从颈腔里取下头来。乍一看，这些脑袋都大体相似，脸以长圆形的居多，都梳着偏髻，年龄率为二十多岁，两眼平视，并不木然，但也完全说不上是英武，大都是平静的，甚至是平淡的，看不出有什么痛苦或哀愁——自然也说不上高兴。总而言之，除了服装，这些人的脸上寻不出兵的特征，像一些普通老百姓，“黔首”，农民。

但是细看一下，就可以发现他们并不完全一样。

有一个长了络腮胡子的，方方的下颌，阔阔的嘴微闭着，双目沉静而仁慈，看来是个老于行伍的下级军官。他大概很会带兵，而且善于驭下，宽严得中。

有一个胖子，他的脑袋和身体都是圆滚滚的（他的身体也许是特制的，不是用模子扣出来的），脸上浮着憨厚而有点狡猾的微笑。他的胃口和脾气一定都很好，而且随时会说出一些稍带粗野的笑话。

有一个的双颊很瘦削，是一个尖脸，有一撮山羊胡子。据说，这样的脸在现在关中一带的农民中还很容易发现。他也微微笑着，但从眼神里看，他在深思着一件什么事情。

有人说，兵马俑的形象就是造俑者的形象，他们或是把自己，或是把同伴的模样塑成俑了。这当然是推测，但这种推测很合理。

听说，太原晋祠宋塑宫女的形象即晋祠附近少女的形象，现在晋祠附近还能看到和宋塑形态仿佛的女孩子。我于是生出两种感想。

塑像总是要有个性的。即便是塑造兵马俑，不需要、不要求有个性，但是造俑者还是自觉不自觉地，多多少少地赋予了他们一些个性。因为他塑造的是人，人总有个性。

塑像总是有模特儿的。他塑造的只能是他见过的人，或是熟人，或是他自己。凭空设想，是不可能的。

任何艺术，想要完全摆脱现实主义，是几乎不可能的事。

三苏祠

三次游杜甫草堂，都没有留下多少印象。这是一个公园，不是一个祠堂。

杜甫的遗迹，一样也没有。

有很多竹木盆景，很多建筑。到处是对联、题咏，时贤的字画。字多很奔放；画多大写意，着色很浓重。

好像有很多人一齐大声地谈论着杜甫，但是看不到杜甫本人，感觉不到他的行动气息、声音笑貌。

眉山的三苏祠要好一些。

三苏祠以宅为祠。苏东坡文云“家有五亩之园”，今略广，占地约八亩。房屋当然是后来重盖了的，但是当日的布局，依稀可见。有一口井，据说还是苏氏的旧物。井栏是这一带常见的红砂石的。井里现在还能打上水来。一侧有一棵荔枝树。传说苏东坡离家的时候，乡人种了一棵荔枝，约好等东坡回来时一同摘食。东坡远谪，一直没有吃上家乡的荔枝。当年的那棵荔枝早已死了，现存的据说是明朝人补栽的，也已经枯萎了，正在抢救。这些都是有纪念意义的。

东边有一个版本陈列室，搜罗了自元版至现在的铅字排印的东坡集的各种版本，虽然并不齐全，但是这种陈列思想，有足取者。

由眉山往乐山的汽车中，“想”了一首旧体诗：

当日家园有五亩，
至今文字重三苏。
红栏旧井犹堪汲，
丹荔重栽第几株？

伏小六、伏小八

大足的唐宋摩崖石刻是惊人的。

十二圆觉，刻得极细致。袈裟衣带静静地垂着，但是你感觉得到其间有一丝微风在轻轻地流动。不像一般的群像（比如罗汉）强调其间的异，这十二尊像强调的是同。他们的年貌、衣着、坐态都差不多。他们都在沉思默念。但是从其眼梢嘴角，看得出其会心处不尽相同。不怕其相同，能于同中见异，十二尊像形成一个既生动又和谐的整体，自是大手笔。

我看过很多千手观音，除了承德的木雕大佛，总觉得不大自然。那么多的细长的手臂长在一个“人”的肩背上，违反常理，使人很不舒服。大足的千手观音另辟蹊径。他的背上也伸出好几只手，但是看来是负担得起的。这几只手之外，又伸出好多只手。

据说，某年装金时曾一只一只地编过号，一共有一千零七只（不知道为什么是一个单数）。手俱各种姿态，或正、或侧、或反，或似召唤，或似慰抚，都很像人的手，很自然，很好看。一千零七只手，造成一个很大的手的佛光。这些手是怎样伸出来的？全不交代。但是你又觉得这都是观音的手，都是和观音有联系的，其联系处不在形，而在意。构思非常巧妙。

释迦涅槃像，即通常所说的卧佛。释迦面部极为平静，目微睁，显出无爱无欲，无生亦无死。像长三十余米，但只刻了释迦的头和胸。肩手无交代。下肢伸入岩石，不知所终。释迦前，刻了佛弟子，有的冠服似中土产，有一个科头鬈发似西方人。他们都在合十赞诵，眉尖微蹙，稍露愁容。这些弟子并不是整齐地排成一列，而是有正面的，有反面的，有朝左的，有朝右的，距离也不相等。他们也只露出半身，腹部以下，在石头里，也不知所终。于有限的空间造无限的境界，形有尽，意无穷，雕刻这一组佛像的是一个气魄雄伟的匠师！他想必在这一壁岩石之前徘徊坐卧了好多个日夜！普贤像被人称为“东方的维纳斯”。

数珠手观音被称为媚态观音，全身的线条都非常柔软。

佛教的像原来也是取形于人的，但是后来高度升华了起来。仅修得阿罗汉果的自了汉还一个一个都有人的性格，菩萨以上，就不复是“人”了。他们不但抛弃了人的性格，连性别也分不清了。菩萨和佛，都有点女性的美。

大足石刻是了不起的艺术。

中国的造像人大都无姓名可查。值得庆幸的是，大足石刻有一些石壁上刻下了造像的匠师的姓名。他们大都姓伏。他们的名字是卑微的：伏小六、伏小八……他们的事迹都无可考了，然而中国美术史上无疑地将会写出这样一篇，题目是《伏小六、伏小八》。

看了大足石刻，我想起一路上看到一些纪念性的现代塑像——李冰父子、屈原、杜甫、苏东坡、杨升庵……好像都差不多。这些塑像塑得都不太像古人。为什么我们的雕塑家不能从大足石刻得到一点启发呢？

菏泽游记

菏泽牡丹

菏泽的出名，一是因为历史上出过一个黄巢（今菏泽城西有冤句故城，为黄巢故里，京剧《珠帘寨》说他“家住曹州并曹县”，曹州是对的，曹县不确）。一是因为出牡丹花。菏泽牡丹种植面积大，最多时曾达五千亩，一九七六年调查时还有三千多亩，单是城东“曹州牡丹园”就占地一千亩；品种多，约有四百种。

牡丹花期短，至谷雨而花事始盛，越七八日，即阑珊欲尽，只剩一大片绿叶了。谚云：“谷雨三日看牡丹。”今年的谷雨是阳历四月二十。我们二十二日到菏泽，第二天清晨去看牡丹，正是好时候。

初日照临，杨柳春风，一千亩盛开的牡丹，这真是一场花的盛宴，蜜的海洋，一次官能上的过度的饱饫。漫步园中，恍恍惚惚，有如梦回酒醒。

牡丹的特点是花大、型多、颜色丰富。我们在李集参观了一从浅白色的牡丹，花头之大，花瓣之多，令人骇异。大队的支部书记指着一朵花说："昨天量了量，直径六十五厘米。"古人云牡丹"花大盈尺"，不为过分。他叫我们用手掂掂这朵花。掂了掂，够一斤重！苏东坡诗云"头重欲人扶"，得其神理。牡丹花分三大类——单瓣类、重瓣类、千瓣类；六型——葵花型、荷花型、玫瑰花型、平头型、皇冠型、绣球型；八大色——黄、红、蓝、白、黑、绿、紫、粉。通称"三类、六型、八大色"。姚黄、魏紫，这里都有。紫花甚多，却不甚贵重。古人特重姚黄，菏泽的姚黄色浅而花小，并不突出，据说是退化了。园中最出色的是绿牡丹、黑牡丹。绿牡丹品名豆绿，盛开时恰如新剥的蚕豆。挪威的别伦·别尔生说花里只有菊花有绿色的，他大概没有看到过中国的绿牡丹。黑牡丹正如墨菊一样，当然不是纯黑色的，而是紫红得发黑。菏泽用"黑花魁"与"烟笼紫玉盘"杂交而得的"冠世墨玉"，近花萼处真如墨染。堪称菏泽牡丹的"代表作"的，大概还要算清代赵花园园主赵玉田培育出来的"赵粉"。粉色的牡丹不难见，但"赵粉"极娇嫩，为粉花上品。传至洛阳，称"童子面"，传至西安，称"娃儿面"，以婴儿笑靥状之，差能得其仿佛。

菏泽种牡丹，始于何时，难于查考。至明嘉靖年间，栽培已盛。《曹南牡丹谱》载："至明，而曹南牡丹甲于海内。"牡丹，在菏泽，是一种经济作物。《菏泽县志》载，"牡丹、芍药多至百余种，土人植之，动辄数十百亩，利厚于五谷”，每年秋后，“土人捆载之，南浮闽粤，北走京师，至则厚值以归”。现在全国各地名园所种牡丹，大部分都是由菏泽运去的。清代即有“菏泽牡丹甲天下”之说。凡称某处某物甲天下者，每为天下人所不服。而称“菏泽牡丹甲天下”，则天下人皆无异议。

牡丹的根，经过加工，为“丹皮”，为重要的药材，这是大家都知道的。菏泽丹皮，称为“曹丹”，行市很俏。

菏泽盛产牡丹，大概跟气候水土有些关系。牡丹耐干旱，不能浇“明水”，而菏泽春天少雨。牡丹喜轻碱性沙土，菏泽的土正是这种土。菏泽水咸涩，绿茶泡了一会儿就成了铁观音那样的褐红色，这样的水却偏宜浇溉牡丹。

牡丹是长寿的。菏泽赵楼村南曾有两棵树龄二百多年的脂红牡丹，主干粗如碗口，儿童常爬上去玩耍，被称为“牡丹王”。袁世凯称帝后，曹州镇守使陆朗斋把“牡丹王”强行买去，栽在河南彰德府袁世凯的公馆里，不久枯死。今年在菏泽开牡丹学术讨论会，安徽的代表说在山里发现一棵牡丹，已经三百多年，每年开花二百余朵，犹无衰老态。但是，牡丹的栽培是很不易的。牡丹的繁殖，或分根，或播种，皆可。一棵牡丹，每五年才能分根，结籽常需七年。一个杂交的新品种的栽培需要十五年，成种率为千分之四。看花才十日，栽花十五年，亦云劳矣。

参观了牡丹园，李集大队的支部书记早就摆好了纸墨笔砚，请写几个字留念。写了四句：

造化师人意，春秋在畚锸。

曹州天下奇，红粉黄金甲。

告别的时候，支书叫我们等一等，说是要送我们一些花，一个小伙子抱来了一抱。带到招待所，养在茶缸里，每间屋里都有几缸花。菏泽的同志说，未开的骨朵可以带到北京，我们便带在吉普车上。不想到了梁山，住了一夜，全都开了，于是一齐捧着送给了梁山招待所的女服务员。正是：菏泽牡丹携不去，且留春色在梁山。

上梁山

早发菏泽，经巨野，至郓城小憩。郓城是一个新建的现代城市，老城已经看不出痕迹。城中旧有乌龙院遗址，询之一老人，说是在天主堂的旁边。他说："您这是问俺咧，问那些小青年，他们都知不道。"（按：乌龙院当是后人附会，不应信。）《水浒传》说宋江讨了阎婆惜，"就在县西巷内讨了一所楼房，置办些家伙什物，安顿了阎婆惜娘儿两个在那里居住"（《坐楼杀惜》有几分根据），并没有说盖了什么乌龙院。宋江把安顿阎婆惜的"小公馆"命名为乌龙院也颇怪，这和风花雪月实在毫不相干。近午，抵梁山县。县是一九四九年建置的，因境内有梁山而得名。

传说中的梁山，很有可能就在这里（听说有人有不同意见）。元高文秀《黑旋风双献功》杂剧云："寨名水浒，泊号梁山。……南通巨野、金乡，北靠青、齐、兖、郓。"按其地望，实颇相似。《双献功》是杂剧，不是信史，但高文秀距南宋不远，不会无缘无故地制造出一个谣言。现在还有一条宽约四尺、相当平整的路，从山脚直通山顶，称为"宋江马道"，说是宋江当初就是从这条路骑马上山的。这条路是人修的，想来是有人在山上安寨驻扎过。否则，这里既非交通要道，山上又无什么特殊的物产，当地的乡民是不会修出这样一条"马道"来的。主峰虎头山的山腰有两道石头垒成的寨墙，一为外寨，一为内寨，这显然就是为了防御用的。墙已坍塌，只剩下正面的一截了，还有三四尺高。石块皆如斗大。余嘉锡《宋江三十六人考实》引元袁桷《过梁山泊》诗："飘飘愧陈人，历历见遗址。流移散空洲，崛强寻故垒。""故垒"或即这两道寨墙。想来当初是颇为结实而雄伟的，如袁桷所云，是"崛强"的。山顶有一块平地或云有十五亩，即忠义堂所在。堂址前的一块石头上有旗杆窝，说是插杏黄旗的，小且浅，似不可信。

梁山不甚高大，山势也不险恶。以我这样的年龄（六十三岁），这样的身体（心脏欠佳），可以一口气走上山顶而不觉得怎么样。这样一座山，能做出那样大的一番事业吗？清代的王培荀就说过，“自今视之，山不高大，山外一望平陆”，他怀疑小说“铺张太过”。(《乡园忆旧》) 曹玉珂过梁山，也发出过类似疑问，“于是近父老而问之”，对曰“险不在山而在水也”。原来如此！

梁山周围原来是一片大水，即梁山泊，累经变迁。《辞海》“梁山泊”条言之甚详：“‘泊’亦作‘泺’。在今山东梁山、郓城、巨野等县间。南部梁山以南，本系大野泽的一部分，五代时泽面北移，环梁山皆成巨浸，始称梁山泊。从五代到北宋，多次被溃决的黄河河水灌入，面积逐渐扩大，熙宁以后，周围达八百里。入金后河徙水退，渐涸为平地。元末一度为黄河决入，又成大泊，不久又涸。”历来关于梁山泊的记载，迷离扑朔，或说八百里，或说三百里，或说有水，或说没有水，《辞海》算是把它的来龙去脉理出一个头绪来了。

梁山东面的东平湖现在的面积还有三十一万亩，比微山湖略小，据说原来东平湖和梁山泊是连着的，那可是一片非常壮观的大水！前年黄河分洪，河水还曾从东平湖漫过来，直抵梁山脚下。水退了，山下仍是“一望平陆”，整整齐齐，一方块一方块麦子地。梁山遂成了一座干山，只有梁山，并无水泊了。

梁山县准备把梁山修复起来，已经成立了修复梁山规划领导小组。栽了很多树，还在本山修了断金亭。断金亭结构疏朗，斗拱甚大，像个宋代建筑。以后还将陆续修建，想要把黄河水引过来，恢复梁山旧观。不过，这大概需要好多年。所谓“修复”也只能得其仿佛。《水浒传》是小说，大部分是虚构，谁知道水泊梁山到底是个什么样子呢。

在梁山住两日，餐餐食有鱼。鱼皆鲜活，是从东平湖里捞上来的。梁山人很会做鱼，糖醋、酥煮、清蒸，皆极精妙，达到理想的程度。这大概还是梁山泊时期留下来的传统。本地尤重鲤鱼，“无鱼不成席”，虽鸡鸭满桌，若无一尾活鲤鱼，即非待客的敬意。东平湖水与黄河通，所以这里的鲤鱼也算黄河鲤。本地人云，辨黄河鲤鱼之法：剖开鱼肚，鱼肉雪白，即黄河鲤；别处的鲤鱼，里面都有一层黑膜。鲤鱼要大小适中。以二斤半到三斤的为最贵，过小过大，都不值钱。办喜事，尤其要用这般大小的鱼。本地人说“等着吃你的鱼咧！”意思是等着吃你的喜酒。鱼必二斤半至三斤，多少钱都要，这样的鱼遂无定价，往往一桌席，一半便是这条鱼钱。我们吃的，正是这样大的鲤鱼。吃着鲤鱼不禁想起《水浒传》。吴学究往碣石村说三阮撞筹，借口便是“如今在一个大财主家做门馆教学，今来要对付十数尾金色鲤鱼”。特重鲤鱼，由来久矣。不过吴用要的却是重十四五斤的。十四五斤重的鲤鱼，不好吃了。这是因为写《水浒传》的施耐庵对吃黄河鲤不大内行，还是古今风俗有异了呢？

《水浒传》第三十八回，宋江在琵琶亭上，忽然心里想要鱼辣汤吃，“便是不才酒后，只爱口鲜鱼汤吃”。宋江是郓城人，离梁山泊不远，他是从小吃惯了鲜鱼的，难怪说腌了的鱼不中吃。

修复梁山规划小组的同志嘱写几个字，为书俚句：

远闻巨野泽，来上宋江山。
马道横今古，寨墙积暮烟。
旧址颇茫渺，遗规尚俨然。
何当觇杏帜，舟渡蓼花滩？

宿梁山之第二日，大雨，破晓时雨始渐住。这场雨对小麦十分有利。一老人说："我活了七十年，没见过这时候下这样的雨的！"这真是及时雨。山东今年是个好年景。

一九八三年五月六日，北京

隆中游记

往桑植，途经襄阳，勾留一日，少不得到隆中去看看。

诸葛亮选的（也许是他的父亲诸葛玄选的）这块地方很好，在一个山窝窝里，三面皆山，背风而向阳。冈上高爽，可以结庐居住；山下有田，可以躬耕。草庐在哪里？半山有一砖亭，颜曰“草庐旧址”，但是究竟是不是这里，谁也说不清。草庐原来是什么样子，更是想象不出了。诸葛亮住在这里时是十七岁至二十七岁，这样年轻的后生，山上山下，一天走几个来回，应该不当一回事。他所躬耕的田是哪一块呢？知不道。没有人在一块田边立一块碑——“诸葛亮躬耕处”，这样倒好！另外还有“抱膝亭”，当是诸葛亮抱膝而为《梁甫吟》的地方了。不过诸葛亮好为《梁甫吟》，恐怕初无定处，山下不拘哪块石头上，他都可坐下来抱膝而吟一会儿的。这些“古迹”也如同大多数的古迹一样，只可作为纪念，难于坐实。

隆中的主体建筑是武侯祠。这座武侯祠和成都的不能比，只是一门庑，一享堂，一正殿，都不大。正殿塑武侯像，像太大，与殿不成比例。诸葛亮不是正襟危坐，而是屈右膝、伸左腿那样稍稍偏侧着身子。面上颧骨颇高，下巴突出，与常见诸葛亮画像的面如满月者不同。他穿了一件戏台上员外常穿的宝蓝色的“披”，上面用泥金画了好些八卦。不知道从什么时候起，诸葛亮和八卦搞得难解难分，这真是令人哭笑不得，无可奈何的事！

正殿和享堂都挂了很多楹联，佳者绝少。大概诸葛亮的一生功业已经叫杜甫写尽了，后人只能在“三顾”“两表”上做文章，翻不出新花样了。最好的一副，还是根据成都武侯祠复制的：“能攻心则反侧自消，从古知兵非好战；不审势即宽严皆误，后来治蜀要深思。”不即不离，意思深远。有一副的下联是“气周瑜，辱司马，擒孟获，古今流传”，把《三国演义》上的虚构故事也写了进来，堂而皇之地挂在那里，未免惹人笑话。郭老为武侯祠写了一幅中堂，大意说：诸葛亮和陶渊明都曾经躬耕，陶渊明成了诗人，诸葛亮成就了功业。如果诸葛亮不出山，他大概也会像陶渊明一样成为诗人的吧？联想得颇为新奇。不过诸葛亮年轻时即自比于管仲、乐毅，恐怕不会愿抛心力做诗人。

武侯祠一侧为“三义殿”，祀刘、关、张。三义殿与武侯祠相通，但本是“各自为政”，不相统属的。导游说明中说以刘、关、张“配享”诸葛亮，实在有乖君臣大体！三义殿中塑三人像，是泥胎涂金而“做旧”了的。刘备端坐。关、张一个是豹头环眼，一个是蚕眉凤目，都拿着架子，用戏台上的“子午相”坐着。老是这样拿着架子，——尤其是关羽，右手还高高地挑起他的美髯，不累得慌吗？其实可以让他们松弛下来，舒舒服服地坐着，这样也比较近似真人，而不像戏曲里的角色。——中国很多神像都受了戏曲的影响。

三义殿前为“三顾堂”，楹联之外，空无一物。

隆中是值得看看的。董老为三顾堂书联，上联用杜甫句“诸葛大名垂宇宙”，下联是“隆中胜迹永清幽”。隆中景色，用“清幽”二字，足以尽之。使人觉得清幽，是因为隆中多树。树除松、柏、桐、乌桕外，多桂花和枇杷。枇杷晚翠，桂花不落叶。所以我们往游时，虽已近初冬，山上还是郁郁葱葱的。三顾堂前大枇杷树，树荫遮满一庭。据说，花时可收干花数百斤，数百年物也。

下山，走到隆中入口处，有一石牌坊（我们上山走的是旁边的小路），牌坊背面的横额上刻了五个大字——“三代下一人”，觉得这对诸葛亮的推崇未免过甚了。“三代下一人”，恐怕谁也当不起，除非孔夫子。

一九八四年十一月七日

昆明的花

——昆明忆旧之六

茶花

张岱的文章里不止一次提到“滇茶一本”，云南茶花驰名久矣。茶花曾被选为云南省花。曾见一本《云南茶花》照相画册，印制得很精美，大概就是那一年编印的。茶花品种很多，颜色、花形各异。滇茶为全国第一，在全世界也是有数的。这大概是因为云南的气候、土壤都于茶花特别相宜。

西山某寺（偶忘寺名）有一棵很大的红茶花。一棵茶花，占了大雄宝殿前的院子的一多半，——寺庙的庭院都是很大的。花开时，至少有上百朵，花皆如汤碗口大。碧绿的厚叶子，通红的花头，使人不暇仔细观赏，只觉得烈烈轰轰的一大片，真是壮观。寺里的和尚怕树身负担不了那么多花头的重量，用杉木搭了很大的架子，支撑着四面的枝条。我一生没有看见过这样高大的茶花。

茶花的花期很长。我似乎没有见过一朵凋败在树上的茶花。这也是茶花的可贵处。

汤显祖把他的居室名为“玉茗堂”。俞平伯先生在一篇文章里说，玉茗是一种名贵的白茶花。我在《云南茶花》那本画册里好像没有发现“玉茗”这一名称。不过，我相信云南是一定有玉茗的，也许叫作什么别的名字。

樱花

春雨既足，风和日暖，圆通公园樱花盛开。花开时，游人很多，蜜蜂也很多。圆通公园多假山，樱花就开在假山的上上下下。樱花无姿态，花形也平常，不耐细看，但是当得一个“盛”字。那么多的花，如同明霞绛雪，真是热闹！身在耀眼的花光之中，满耳是嗡嗡的蜜蜂声音，使人觉得有点晕晕乎乎的。此时，人与樱花已经融为一体。风和日暖，人在花中，不辨为人为花。

兰花

曾到一位绅士家做客，——他的女儿是我们的同学。这位绅士当过一任教育总长，多年闲居在家，每天除了看看报纸，研究在很远的地方进行的战争，谈谈中国的线装书和法国小说，剩下的嗜好是种兰花。他的客厅里摆着几十盆兰花。这间屋子仿佛已为兰花的香气所熏透，纱窗竹帘，无不带有淡淡的清香。屋里屋外都静极了。坐在这间客厅里，用细瓷盖碗喝着“滇绿”，看看披拂的兰叶，清秀素雅的兰花箭子，闻嗅着兰花的香气，真不知身在何世。

我的一位老师曾在呈贡桃园住过几年。他的房东也是爱种兰花的。隔了差不多四十年，这位先生还健在，已经是一位老者了。他的女儿要到北京来玩，劝说她父亲也到北京走走，老人不同意，他说：“我的这些兰花咋个整？”

缅桂花

昆明缅桂花多，树大，叶茂，花繁。每到雨季，一城都是缅桂花的浓香，我已于《昆明的雨》中说及，不复赘。

粉团花

粉团花即绣球。昆明人谓之“粉团”，亦有理致。

云南民歌“阿妹好像粉团花”用绣球花来比拟少女，别处的民歌里好像还未见过。于此可见云南绣球甚多，遍布城乡，所以歌手们能近取譬。

康乃馨·菖兰·夜来香

康乃馨昆明人谓之洋牡丹，菖兰即剑兰，夜来香在有的地方叫作晚香玉。这些都是插瓶的花。康乃馨有红的、粉的、白的。

菖兰的颜色更多，粉色的、白色的、黄色的、紫得发黑的。夜来香洁白如玉。昆明近日楼有一个很大的花市，卖花人把水灵灵的鲜花摊在一片芭蕉叶上卖。鲜花皆烂贱，买一大把鲜花和称二斤青菜的价钱差不多。

美人蕉和波斯菊

波斯菊叶子极细碎轻柔。花粉紫色，单瓣；瓣极薄。微风吹拂，花叶动摇，如梦如烟。

我原以为波斯菊只有南方有，后来在张家口坝上沽源县的街头也看见了这种花，只是塞北少雨水，花开得不如昆明滋润。在沽源看见波斯菊使我非常惊喜，因为它使我一下子想起了昆明。

波斯菊真是从波斯传来的吗？那么你是一位远客了。

昆明的美人蕉皆极壮大，花也大，浓红如鲜血。红花绿叶，对比鲜明。我曾到郊区一中学去看一个朋友，未遇。学校已经放了暑假，一个人没有，安安静静的，校园的花圃里一大片美人蕉赫然地开着鲜红鲜红的大花。我感到一种特殊的、颜色强烈的寂寞。

叶子花

叶子花别处好像是叫作三角梅，昆明人就老是不客气地叫它叶子花，因为它的花瓣和叶子完全一样，只是长条的顶端的十几撮花的颜色是紫红的，而下边的叶子是深绿的。青莲街拐角有一家很大的公馆，围墙的墙头上种的都是叶子花。墙头上种花，少有！

报春花

我想查一查报春花的资料。家里只有一本《辞海》。我相信《辞海》里是不会收这一条的。报春花不是名花。但我还是抱着姑且查查看的心情翻开了《辞海》，不料竟有！

> 报春花……一年生草本。叶基生，长卵形，顶端圆钝，基部楔形或心形，边缘有不整齐缺裂，缺裂具细锯齿，上面被纤毛，下面有白粉或疏毛。秋季开花，花高脚碟状，红色或淡紫色，伞形花序2—4轮，蒴果球形。多生于荒野、田边。原产我国云南、贵州。各地栽培，供观赏。

不错，不错！就是它，就是它！难得的是，它把报春花描写得这样仔细。尤其使我欢喜的，是它告诉我云南是报春花的老家。

我在北京的一家花店里重遇报春花，栽在花盆里，标价一元一盆。我不禁冷笑了：这种东西也卖钱！我们在昆明市，到田边散步，一扯就是一大把！

一九八五年六月九日

地灵人杰话淮安

每个地方都有自己独特的标志。有的因山水而闻名，有的以楼台而著称。一座古朴的楼阁，取震慑淮水之意，叫镇淮楼，成了淮安的标志。

历史上，淮安并不平安。自从黄河改道，夺淮入海，苏北的水患就连年不断。镇淮楼呢，也没有镇住淮水。直到中华人民共和国成立后，修了苏北灌溉总渠，苏北的水患才得到根治。淮水到底被镇住了，淮安呢，也真的平安了。

淮安位踞大运河入淮之口，为南北交通的咽喉要地。过去，朱自清说过一个笑话：淮安人“到了南阁楼，就要修家书”。南阁楼是才出城门的一座楼。这说明淮安人家乡观念很重。其实，走南闯北的淮安人很多，就是沿着运河而高飞远举的。

这一回，我们还是沿着运河来到淮安的。

淮安有一千五百多年的历史。不过，它身边的大运河可比它的年岁要大得多。

在《话说运河》的第一回里，我们讲到了运河的历史。如果要追溯运河的历史之源，那么，春秋战国时期，吴王夫差所开凿的一段人工河流，就是运河在我们中华大地上所留下的最早的足迹。这段人工河流，从扬州的邗沟，通到这里一个叫末口的地方。在隋朝，运河从末口经过淮水、渭水和洛水，一直到当时的京都洛阳。那么，末口是在什么地方呢？末口就在我们沿着运河北上所经过的咽喉要地淮安。

离船上岸，沿着残存的古老码头走下去，我们来到了淮安城外的河下镇。

河下，河下，顾名思义，它是大运河河边下头的一个小镇。

那石板路，不宽，而且不平整。可在明代、清代，它是高级路面。别看这些街道那样狭窄，当时，这可是通衢大道。别看现在的河下镇好像很沉寂，当年，那是一座不夜城。店铺营业，通宵达旦，史称“市不以夜休”。

当年留下的街巷名称，按行业命名，分布井然，可以想见这里的商业、手工业的高度发达。

为什么河下会如此繁华呢？

因为那里濒临运河，是漕运的枢纽。南方的粮食由此北运京师。淮安昔日号称“九省咽喉”。而真正的咽喉，唯在河下一镇。今天，河下镇仍保留了古朴的繁荣。

淮安汤包，皮薄馅美。蒸熟以后，馅是一包汤。不过，这里普通的包子，滋味也不错。

街巷幽深处，有百年老店。铺面陈设，一如往昔。待人接物，犹存古风。

河下镇曾经是商业中心，为外籍商人荟萃之地。所以，在面积不大的镇上，设立过许多会馆。

当年，运河漕运繁忙，河下镇比较繁荣的时候，全国各地的客商，在淮安的附近建立起会馆。由于历史的原因，这些会馆先后被拆除了。现在只剩下一些遗迹。

河下镇曾经有不少盐商。盐商大都是巨富。他们争相构筑豪华的庭院。有个庭院，墙上嵌砌方砖，刻隶书“紫藤园”三字。

一棵紫藤，干如虬龙，虽是百年风物，却生机盎然。开花的时候浓紫深香，还可一任寻常百姓观赏。

庭园的主人送客出门，就留步在这门外的石鼓旁。

屋上小瓦，古朴一如当年。那承瓦的椽子不同一般。这种弧形的椽子是所谓“圆椽子”，不但费工，而且需要上好的木料。

乾隆皇帝曾经给淮安漕运总督亲笔书写“上谕”。北宋时，每年经运河北运的粮食近八百万担。明清时也还有四百万担。所以，苏北人也称运河为“漕河”。

那么，总督衙门今何在？那里的体育场就是当年漕运总督府的遗址。

淮安因大运河而发展、繁荣。河下镇父老道出了昔日淮安的繁华盛景。

淮安吴承恩研究会的老先生说：“‘身缠十万贯，骑鹤下扬州。’扬州是自古繁华之地。但是，河下镇的繁华可以和扬州媲美。所以有人有这么两句诗，叫作：‘扬州千年繁华景，移向西湖古渡头。’”

往事岂能成一梦，夕阳犹似旧时红。

船开过去了。船尾划破的水纹却久久未能消逝……

文通塔始建于唐代。明清两代都重修过。那是一座砖塔，无梁无柱，高“十三丈三尺”，七层八角，形制古朴。

文通塔是具有佛教传统的古建筑。塔内的底层塑着四尊释迦牟尼的金身。四尊佛像的形态一模一样，它们面向东西南北，各踞一方，很是独特。

勺湖。湖的形状像一把勺子。

周恩来同志童年时代曾经在文通塔下放过风筝，在勺湖划过船。春秋丽日，湖心塔畔，游人很多。映在他们眼里的，岂止是淮安风景？人们都说，河下风光好，其实呢，淮上人才也多呀！

韩信是“汉初三杰”之一。初属项羽，后归刘邦。楚汉相争之时，他和项羽决战，十面埋伏，四面楚歌，击败项羽于垓下。

在淮安和淮阴一带，有很多跟韩信有关的遗迹和传说。

韩信年轻的时候很穷，靠钓鱼过日子。钓鱼处有一些漂絮的妇女。其中有一位老妈妈，见韩信面有饥色仍能坚持读书习武，很同情他，便将带来的饭分给韩信吃。接连数十天，天天如此。韩信深深感激。有一天，他对漂母说，以后一旦发迹，定当重重酬报。谁知漂母听后非常生气，说：“你堂堂男子汉，自己不能养活自己，我周济你，是图你日后的报答吗？”

漂母的贤良善德传为千古美谈。

韩信胯下之辱的故事也发生在这里。

有一个在屠宰市充混混儿的小伙子，寻衅韩信说：“要么你拿剑把我捅了。要不然，你从我的裆底下钻过去。”韩信没言语，趴下身子，从他的两胯之间爬了过去。韩信深知，小不忍则乱大谋。

很多人都知道南宋抗金名将、巾帼英雄梁红玉。可是，知道她的籍贯的人就不多了。她是淮安人，生在北辰坊。在韩世忠还只是一个普通士卒的时候，梁红玉就很赏识他的才能，以身相许。后来，她帮助韩世忠干了一番大事业。说起来，梁红玉可是中国历史上少有的自己找对象的人，可算是一个很解放的、见识不凡的女性了。

金兀术南侵北撤的时候，韩世忠把他诱至镇江，以八千兵力跟敌军十万决战，结果大败金兀术。梁红玉“擂鼓战金山”也成了千古传颂的壮举。

后来，韩世忠、梁红玉进驻淮安。那个时候条件很困难，梁红玉亲自用芦苇“织帘为屋”，掘根为食。

淮安城外，运河两岸，有很多蒲草。梁红玉以蒲为食的传说引起人们的极大兴趣。到明清时，淮安人就以此创造了一套特殊的烩制蒲菜的烹调技艺。

蒲叶在水中的部分如一根纤细的玉管，把这洁白肥嫩的蒲根茎烩制成菜，清香甘甜，酥脆可口，似有嫩笋之味。

关汉卿的悲剧《窦娥冤》动人心魄，那么窦娥真的从这里走过吗？当地有位搞文化工作，专门调查过这件事的同志说："当时，关汉卿从大都坐船沿运河南下，住进淮安。当时的淮安叫淮安府。淮安府有个都察院，专门管六个府的案件。这里有许多冤案的故事。当时，关汉卿住在这儿就遇到一件冤案。淮安农村有个小姑娘受冤。她的婆婆被害，实际是别人害的，但是罪加在她的身上。这个女子被判了死刑。临死的时候，从牢里出来，就走的这条巷。窦娥被判死刑以后提出了三大愿。第一大愿，要在刑场上吊三丈白绫，她的头砍下后，血要冲三丈高。第二大愿，六月要下雪，所以，关汉卿的《窦娥冤》又叫《六月雪》。第三大愿，是要山阳县干旱三年。山阳县就是现在的淮安县。她死后，这三件事都应了。群众为了同情窦娥，把这个巷子起了名字叫'窦娥巷'。"

走出窦娥巷，秋雨绵绵不绝，不禁让我们心中涌出一番感慨：六月飞雪今已已，关卿何日赋新词?

这不是水帘洞，也不是花果山。一堆顽石，倒泻的流水引我们来到了明代的大文学家吴承恩的故居。他是闻名遐迩的魔怪小说《西游记》的作者。

吴承恩的塑像是依据发掘出来的吴氏头骨复原的。这在国内还是绝无仅有的。

修复后的吴承恩故居，却似有门庭萧然之感，颇有先生“喜笑悲歌”的意境。吴承恩是淮安人。故居在河下镇的打铜巷。晚年，他隐居故里，在寂寞的角落里，于七十一岁的高龄之时，挥笔写下了近百万言的不朽巨著《西游记》。

那个简朴的书屋叫“射阳簃”。据说，《西游记》就是在那古雅的书案之上跃然而诞生的。

吴承恩文勋卓著，却一生穷愁潦倒。他悄然地离开了人世。

残灯尽矣，问先生又写得几许奇文？谁曾料这一豆微光，照彻五百年神踪魔影。身后，大名远播，西国东瀛。今墓碑犹在，多少后生感钦景仰，俎豆香馨。

关天培是鸦片战争时期誓死抗英、坚守虎门的爱国将领，是林则徐肝胆相照的至交。一八四一年，关天培壮烈殉国后，葬于县城东郊。城中建有关天培祠。林则徐撰写了一副很长的挽联，表达出他对庸臣误国的愤慨和对故友的钦仰。对联是：“六载固金汤，问何时忽坏长城，孤注空教躬尽瘁；双忠同坎壈，闻异类亦钦伟节，归魂相送面如生。”

一八九八年三月五日，周恩来同志诞生在淮安驸马巷的一座普通的宅院。他的祖籍是浙江绍兴，从祖父那辈起就移居淮安。周恩来同志在这里一直住到十二岁。他曾经说：“生于斯，长于斯，渐习为淮人。耳所闻，目所见，亦无非淮事。”

周恩来同志献身革命，四海为家。他曾改了一句唐诗，抒发自己的乡思，说：“我是‘少小离家老不回’呀！”

苏北人家多于庭院中种菜，雨后采摘供膳既方便，也较市上买来的更有滋味。周恩来同志幼年也曾浇园锄菜。这一片菜地，依稀还似当年，却也曾透露出他那终身耕耘的令人景仰的身影。

“无情未必真豪杰。”离乡半个世纪，周恩来同志对故乡深怀恋情。

一九六〇年，他从南方返回北京，机组同志为了安慰总理的思乡之情，在飞机经过淮安的时候，特地低空飞行，打了几个圈子，让总理俯瞰自己的家乡淮安。

离开江淮重镇淮安，我们沿着运河继续北上。

泰山拾零

游过泰山的人很多，关于泰山的书籍、文章、导游的小册子也很多。凡别人已经记过的，不欲再记。且我往游泰山，距今已十好几年，印象淡忘，难以追忆。只记一些现在还记得的小事，少留鸿印去尔。

陈庙长

泰山管理处设在岱庙，主任姓陈。但是当地人都不叫他陈主任，而叫他陈庙长，因为他在庙里办公，在庙里住。陈庙长对泰山非常熟悉，有重要一点的客人来，都由他接待。陈庙长有一套讲究的衣服，毛料的中山装。有外宾来，他就换上这身衣服。当地人一看陈庙长走在街上，就互相传告："今天有外国人来，陈庙长换衣服了！"这是一个很幽默健谈的人，他向我们介绍了泰山概况，背了几首咏泰山的诗，最后还背了韩复榘的大作。

韩复榘是国民党时期山东省政府主席，是个没有文化的军阀，有许多关于他的笑话。流传得最广的是，蒋介石规定行人靠左走，韩复榘说："蒋委员长提倡的事我都赞成，就是这一点不行。大家都靠左走，右边谁走呢？"

韩复榘咏泰山诗如下：

远看泰山黑乎乎，
上边细来下边粗。
有朝一日倒过来，
下边细来上边粗。

这是咏泰山诗的压卷之作！

韩复榘还有一首咏济南趵突泉的诗，也不错：

趵突泉，
泉趵突，
三个泉眼一般粗，
咕嘟咕嘟又咕嘟。

陈庙长在陪我们游山途中还讲了一些韩复榘的轶事，以与泰山无关，不录。当然，韩复榘的故事和诗，都是别人编出来的。

经石峪

泰山留给我印象最深的是经石峪。

在半山的巉岩间忽然有一片巨大的石板，石色微黄，是一整块，极平，略有倾斜，上面刻了一部《金刚经》，字大径斗，笔势雄浑厚重，大巧若拙，字体微偏，非隶非魏。郭沫若断为齐梁人所书，有人有不同意见。经石峪成为中国书法里的独特的字体。龚定庵谓：南书无过《瘗鹤铭》，北书无过《金刚经》。《瘗鹤铭》在镇江焦山，《金刚经》即指泰山经石峪。

为什么在这里刻了一部经？积雨之后，山水下注，流过石面，淙淙作响，有如梵唱，流水念经，亦是功德。

快活三里

登泰山，紧十八，慢十八，不紧不慢又十八。“十八”指的是十八里还是十八盘，未详。反正爬完三个十八，就到南天门了。三个十八，爬起来都很累人。当中忽有一段平路，名曰“快活三里”。这名字起得好！若在原隰，三里平路，有何稀奇！但在陡峻的山路上，爬得上气不接下气，忽遇坦途，可以直起身来，均匀地呼吸，放脚走去，汗收体爽，真是快活。人生道路，亦犹如此。

讨钱

泰山山道旁，有不少人家以讨钱为生。讨钱的大都是老婆婆和小孩子。他们坐在路边，并不出声，进香的善男信女，就自动把钱丢进他们面前的瓢里。小孩子有时缠着奶奶："奶奶，我今天跟你去讨钱！"——"不叫你去！"——"要去嘛，要去嘛！"这些孩子不觉得讨钱有什么羞耻，他要跟奶奶去讨钱，就跟要跟奶奶去逛庙会或上街买东西一样。这些人家的日子过得不错。每年香期，收入很可观。讨钱是山上居民的专利，山下乞丐不能分享。她们穿戴得整整齐齐，并不故作褴褛。

泰山老奶奶

泰山是道教的山。中国的山不是属于佛教就是属于道教。天下名山僧侣多。峨眉山、五台山、普陀山、九华山，是佛教的四大名山，各为普贤、文殊、观音、地藏的道场。青城、武当是道教的山。泰山的主神似为碧霞元君。碧霞元君是东岳大帝的女儿。但据陈庙长告诉我，当地老乡不知道什么碧霞元君，都叫她泰山老奶奶。不知道为什么，元君的塑像不是一个要妙的少女，却是一个很富态的半老的宫妆的命妇，秉笏端正，毫无表情。碧霞元君祠长年锁闭，参拜的人只能从窗格的窟窿间看一眼。善男信女，只能从窟窿里把奉献的香钱丢进去。一年下来，祠内堆满了钱。

每年打开祠门，清点一次。明清以来有定制，这钱是皇后嫔妃的脂粉钱，别人不得擅用。

绣球花

泰山五大夫松附近有一家茶馆。爬了一气山，进去喝一壶热茶，太好了。水好，茶叶不错，房屋净洁，座位也舒服。

茶馆有一个院子，院里的石条上放了十多盆绣球花。这里的绣球的花头比我在别处看过的小。别处的绣球，一球有一个脑袋大，这里的只比拳头略大一点。花瓣不像别处的是纯白的，是豆绿色的。花瓣较小而略厚。干不高，不到二尺；枝多横生。枝干皆老，如盆景。叶深墨绿色，甚整齐，无一叶残败。这些绣球显出一种充足而又极能自制的生命力。我不知道这样的豆绿色的绣球是泰山的水土使然，还是别是一种。茶馆的主人以茶客喝剩的茶水洗之，盆面积了颇厚的茶叶。这几盆绣球真美，美得使人感动。我坐在花前，谛视良久，恋恋不忍即去。别之已十几年，犹未忘。

山顶夜宴

游泰山的，大都在山顶住一夜，等着第二天看日出。山顶有招待所。招待所供应晚餐，——煮挂面，陈庙长特意给我们安排了一顿正式的晚餐。在泰山绝顶，这样的晚餐算是非常丰盛的了：

烧鸡、卤肉、炒鸡蛋、炸花生米，还有炒棍儿扁豆。这棍豆是山上出的，照上海人的说法，真是“嫩得不得了”！我平生吃过的棍豆，以泰山顶上的最为鲜嫩。还有一种很特别的菜，油炸的绿叶。陈庙长说这是藿香，泰山的特产。

颜色碧绿，入口酥脆而有清香，嚼之下酒，真是妙绝。这顿夜宴，不知费了几许人力，惭愧惭愧。

把青菜的叶子油炸了吃，这是山东特有的吃法，我后来在别处还吃过油炸菠菜，也很好吃。山东菜谱中皆未载此种做法。

看日出

游泰山的最大希望在看日出。很多人看不到，因为天气不好。

等着看日出，要受一点罪。山顶上夜里很冷，风大。招待所床位已经全部租出，有人只能裹了一件潮乎乎的棉大衣在庙下蜷缩一夜。

夜里下了雨。

次日拂晓，雨停了。有几个青年大叫：“天晴了！快去！快去！”天气还不很好，但总算看到日出了。但是并不像许多传文里所描写过的，气势磅礴，灿烂辉煌，红黄赤白，瞬息万变，使人目眩神移，欢喜赞叹。下山后有人问我：“看到日出了吗？怎么样？”我只能说：“看到了，还不错。”这样的日出，我在别处也看见过。在井冈山黄洋界看到日出，所得印象即比在泰山看到的要深，因为是无意中看到的，更令人惊奇不已，想要高歌大叫。

世间事物，宣传太过，即使真的了不起，也很难使人满足。

耙和尚

泰山是道教的山，但后山山脚却有一座佛寺，寺名今忘（好像是叫宝庆寺）。寺里的罗汉塑得很好。据说，这寺里的罗汉和苏州紫金庵的、昆明筇竹寺的鼎足而三，可以齐名。那两处的我都看过。紫金庵的比较小，罗汉神态安详，是坐像。筇竹寺的罗汉有的踞坐，有的靠墙，有的向前探头，有的侧卧着，姿态各异，而彼此之间互相顾盼，有所交流，是一组有联系的、带一点戏剧性的群像。这寺里的罗汉是立像，各各站在一个龛里，比常人稍高大。塑得的确不错，眉目如生，肌肉似有弹性，衣纹繁复而流畅，涂色精细但不琐碎。龛面罩了玻璃，保存得很好。

寺后有一片庄稼地。陈庙长告诉我们，这有一段故事：寺里的和尚很霸道，强占了很多民田。这里的庄户人和和尚打了多年官司，一直打到皇帝那里。皇帝看了呈子，说“罢了吧”。“罢了吧”意思是算了吧，不要再打官司了。庄户人一听，圣旨下来了，就把寺里的和尚都活埋在地里，只露出一个个和尚脑袋，用耙地的耙都给耙了。这当然只是个故事，不过当地人说确实有过那么回事。他们这么说，咱就听着，不抬杠。

莱芜讴

我们顺便到莱芜看了看。莱芜有中国最大的淡水养鱼湖，据说湖的面积有三个西湖大。坐了汽艇在湖里游了一圈，确实很大。有几只船在捕鱼，鱼都很大。

午饭、晚饭都上了鳜鱼，鳜鱼有七八斤重，而且不止一条。可惜煮制不甚得法，太淡。凡做鱼，宁偏咸，毋偏淡。厨师口诀云“咸鱼淡肉”，——肉淡一点不妨。这样大的鱼，宜做松鼠鱼，红烧白煮皆不易入味。

晚上看了莱芜梆子。莱芜梆子的特别处是每逢尾腔都倒吸气，发出“讴——”的声音，所以叫作“莱芜讴”。倒吸气，向里唱，怎么能出声音呢？我试了试，不行。这种唱法不知是怎么形成的，别的剧种从无这样的唱法。由“莱芜讴”我想到“赵代秦楚之讴”会不会也是这种唱法？“讴歌”，讴和歌应该是有区别的。“讴”，会不会是吸气发声？这当然是瞎想，毫无佐证。不过，我在内蒙古确曾遇到一个蒙古族的人，他的说话方式很特别，一句话的上半句是呼气说出的，下半句却是吸着气说的。说不定古代曾有过吸气而讴的讴法，后来失传了。

一九八七年三月廿四日

滇游新记

泼水节印象

作家访问团四月六日离京赴云南，是为了能赶上泼水节。

十一日到芒市。这是泼水节的前一天。这天干部带领群众上山采花。采的花名锥栗花，是一串一串繁密而细碎的白色的小花，略带点浅浅的豆绿。我们到时，全市已经用锥栗花装饰起来了。

泼水节由来的传说是大家都知道的：有一魔王，具无上魔力，猛恶残暴，祸祟人民。他有七个妻子。一日，魔王酒醉，告诉最年轻的妻子："我虽有无上魔力，亦有弱点。如拔下我的一根头发，在我颈上一勒，我头即断。"其妻乃乘魔王酣睡，拔取其头发一根，将魔王头颈勒断。不料魔王头落在哪里，哪里即起大火。魔王之妻只好将头抱着，七个妻子轮流抱持。她们身上沾染血污，气味腥臭。诸邻居人，乃各以香水，泼向她们，为除不洁，世代相沿，遂成节日。

这大概只是口头传说，并无文字记载。泼水节仪式中看不出和这个传说直接相关的痕迹。傣族人重视这个节，是因为这是傣历的新年。作为节日的象征的，是龙。节日广场的中心有一条木雕彩画的巨龙。傣族的龙和汉族的不大一样。汉族的龙大体像蛇，蜿蜒盘曲；傣族的龙有点像鸟，头尾高昂，如欲轻举。这是东南亚的龙，不是北方的龙。龙治水，这是南方人北方人都相信的。泼水节供养木龙，顺理成章。泼水节是水的节。

节日还没有正式开始，一早起来，远近已经是一片铓锣象脚鼓的声音。铓锣厚重，声音发闷而能传远，象脚鼓声也很低沉，节拍也似很单调，只是一股劲地咚咚咚咚……，嘭嘭嘭嘭……，不像北方锣鼓打出许多花点。不强烈，不高昂激越，而极温柔。

仪式很简单。先由地方负责同志讲话，然后由一个中年的女歌手祝福。女歌手神情端肃，曼声吟诵，时间不短，可惜听不懂祝福的词句。同时，有人分发泼水粑粑和金米饭。泼水粑粑乃以糯米粉和红糖，包在芭蕉叶中蒸熟；金米饭是用一种山花把糯米染黄、蒸熟了的。

泼水开始。每人手里都提了一只小水桶，塑料的或白铁的，内装多半桶清水，水里还要滴几点香水，桶内插了花枝。泼水，并不是整桶地往你身上泼，只是用花枝蘸水，在你肩膀上掸两下，一面用傣语说："好吃好在。"我们是汉人，给我们泼水的大都用汉语说："祝你健康。""祝你健康"太一般了，不如"好吃好在"有意思。接受别人泼水后，可以也用花枝蘸水在对方肩头掸掸，或在肩上轻轻拍三下。“好吃好在”，——“祝你健康”。但是少男少女互泼，常常就不那么文雅了。

越是漂亮的，挨泼的越多。主席台上有一个身材修长，穿了一身绿纱的姑娘，不大一会儿已经被泼得浑身上下都湿透了。

主席台上的桌椅都挪开了，为什么？有人告诉我：要在这里跳舞，跳“嘎漾”。台上跳，台下也跳。不知多少副铓锣象脚鼓都敲响了，嘭嘭咚咚，混成一片，分不清是哪一面锣哪一腔鼓敲出来的声音。

“嘎漾”的舞步比较简单。脚下一步一顿，手臂自然摆动，至胸前一转手腕。“嘎漾”是鹭鸶舞的意思。舞姿确是有点像鹭鸶。傣族人很喜欢鹭鸶。在碧绿的田野里时常可以看到成群的白鹭。“嘎漾”有十五六种姿势，主要的变化在腕臂。虽然简单，却很优美。傣族少女，着了筒裙，小腰秀颈，姗姗细步，跳起“嘎漾”，极有韵致。在台上跳“嘎漾”的，就是方才招呼我们吃泼水粑粑，用花枝为我们泼水的服务人员，全都打扮得花枝招展，一个赛似一个。我问陪同人：“她们是不是都是演员？”——“不是，有的是机关干部，有的是商店的营业员。”

跳“嘎漾”的大部分是水傣，也有几个旱傣，她们也是服务人员。旱傣少女的打扮别是一样：头上盘了极粗的发辫，插了一头各种颜色的绢花。白纱上衣，窄袖，胸前别满了黄灿灿的镀金饰物，一边龙，一边凤，还有一些金花、金蝶、金葫芦。下面是黑色的喇叭裤，系黑短围裙，垂下两根黑地彩绣的长飘带。水傣少女长裙曳地，仪态万方；旱傣少女则显得玲珑而带点稚气。

泼水节是少女的节，是她们炫耀青春，比赛娇美的节日。正是由于这些着意打扮、到处活跃的少女，才把节日衬托得如此华丽缤纷，充满活力。

晚上有宴会，到各桌轮流敬酒的，还是她们。一个一个重新梳洗，换了别样颜色的衣裙，容光焕发，精力旺盛。她们的敬酒，有点霸道。杯到人到，非喝不可。好在砂仁酒度数不高而气味芳香，多喝两杯也无妨。我问一个岁数稍大的姑娘："你们今天是不是把全市的美人都动员来了？"她笑着说："哪里哟！比我们好看的有的是！"

第二天，我们到法帕区又参加了一次泼水节。规模不能与芒市比，但在杂乱中显出粗豪，另是一种情趣。

归时已是黄昏。德宏州时差比北京晚一小时，过七点了，天还不暗。但是泼水高潮已过。泼水少女，已经兴尽，三三两两，阑珊归去，只余少数顽童，还用整桶泥水，泼向行人车辆。

有一个少女在河边洗净筒裙，晾在树上。同行的一位青年小说家，有诗人气质，说他看了两天泼水节，没有觉得怎么样，看了这个少女晾筒裙，忽然非常感动。

泼水归来日未曛，
散抛锥栗入深林。
铓锣象鼓声犹在，
缅桂梢头晾筒裙。

泼水，泼人、被泼，都是未婚少女的事。一出嫁，即不再参与。已婚妇女的装束也都改变了。不再着鲜艳的筒裙，只穿白色衫裤，头上系一个衬有硬胎的高高的黑绸圆筒。背上大都用兜布背了一个孩子。她们也过泼水节，但只是来看看热闹。她们的神情也变了，冷静、淡漠，也许还有点惆怅、凄凉，不再像少女那样笑声朗朗，神采飞扬，眼睛发光。

一九八七年五月四日

大等喊

云南省作协的同志安排我们在一个傣族寨子里住一晚上。地名大等喊。

车从瑞丽出发，经过一个中缅边界的寨子，云井寨。一条宽路从缅甸通向中国，可以直来直往。除了有一个水泥界桩外，无任何标志。对面有一家卖饵丝的铺子。有人买了一碗饵丝。一个缅甸女孩把饵丝递过来，这边把钱递过去。他们的手已经都伸过国界了。只要脚不跨过界桩，不算越境。

中缅边界真是和平边界。两国之间，不但毫无壁垒，连一道铁丝网都没有，简直不像两国的分界。我们到畹町的界桥头看过。桥头有一个检查站，旗杆上飘着中华人民共和国的国旗。一个缅甸小女孩提了饭盒走过界桥。她妈在畹町街上摆摊子做生意，她来给妈送饭来了。她每天过来，检查站的人都认得她。她大摇大摆地走过来，脸上带着一点笑。意思是：我又来了，你们好！站在国境线上，我才真正体会到中缅人民真是胞波。陈毅同志诗“共饮一江水”，是纪实，不是诗人的想象。

车经喊撒。喊撒有一个比较大的奘房，要去看看。

进寨子，有一家正在办丧事，陪同的同志说：“可以到他家坐坐。”傣族人对生死看得比较超脱，人过五十五岁死去，亲友不哭。这也许和信小乘佛教有关，这家的老人是六十岁死的，算是“喜丧”了。进寨，寨里的人似都没有哀戚的神色，只是显得很沉静。有几个中年人在糊扎引魂的幡幢——傣族人死后，要给他制一个缅塔尖顶似的纸幡幢，用竹竿高高地竖起来，这样他的灵魂才能上天。几个年轻人不紧不慢地敲铓锣、象脚鼓，另外一些人好像在忙着做饭。傣族的风俗，人死了，亲友要到这家来坐五天。这位老人死已三日，已经安葬，亲友们还要坐两天，我们脱鞋，登木梯，上了竹楼。竹楼很宽敞，一侧堆了很多叠得整整齐齐的被子，有二十来个岁数较大的男男女女在楼板上坐着，抽烟、喝茶，他们也极少说话，静静的。

奘房是赕佛的地方。赕是傣语，本意是以物献佛，但不如说听经拜佛更确切些。傣族的赕佛，大体上是有一个男人跪在佛的前面诵念经文，很多信佛的跪在他身后听着。诵经人穿着如常人，也并无钟鼓法器，只是他一个人念，声音平直。偶尔拖长，大概是到了一个段落。傣族的跪，实系中国古代人的坐。古人席地而坐。膝着地，臀部落于脚跟，谓之坐。——如果直身，即为“长跪”。傣族赕佛时的姿势正是这样。

喊撒奘房的出名，除了比较大，还因为有一位佛爷。这位佛爷多年在缅甸，前三年才被请了回来。他并不领头赕佛，却坐在偏殿上。佛爷名叫伍并亚温撒，是全国佛教协会的理事，岁数不很大。他着了一身杏黄色的僧衣。这种僧衣不知叫什么，不是褊衫，也不是袈裟，上身好像只是一块布，缠裹着，袒其右臂。他身前坐了一些善男子。有人来了，向他合十为礼，他也点头笑答。有些信徒抽用一种树叶卷成的像雪茄似的烟。佛爷并不是道貌岸然，很随和。他和信徒们随意交谈。谈的似乎不是佛理，只是很家常的话，因为他不时发出很有人情味的笑声。

近午，至大等喊。等喊，傣语是“堆金子的地方”。因为有两个寨子都叫等喊，汉族人就在前面多加了一个字，一个叫大等喊，一个叫小等喊。傣语往往用很少的音节表很多的意思，如畹町，意思是“太阳当顶的地方”。因为电影《葫芦信》《孔雀公主》都在大等喊拍过外景，所以旅游的人都想来看看。

住的旅馆名“醉仙楼”，这是个汉族名字，老板在招牌下面于是又加了两个字：傣家。老板是汉人，夫人是傣族。两层的木结构建筑，作曲尺形。房间不多，作家访问团二十余人，就基本上住满了。房间里有床，并不是叫我们睡在地板上。房屋样式稍稍有点像竹楼。老板又花了钱把拍《葫芦信》和《孔雀公主》的布景上的装饰零件如木雕的佛龛之类买了下来，配置在廊厦角落，于是就很有点傣味了。

一住下来，泡一杯茶，往藤椅一坐，觉得非常舒服。连日坐汽车，参加活动，大家都累了，需要休息。

醉仙楼在寨口。一条平路，通到寨子里。寨里有几条岔路，也极平整。寨里极安静。到处都是干干净净的。空气好极了。到处是树，一丛一丛的凤尾竹，很多柚子树。大等喊的柚子是很有名的。现在不是柚子成熟的时候，只看见密密的深绿的树叶。空气里有一种淡淡的清苦味道，就是柚树叶片散发出来的。这里那里安置了一座一座竹楼，错落有致。傣家的竹楼不是紧挨着的，各家之间都有一段距离。除了当路的正门，竹楼的三面都是树。有一座奘房，大门锁着。我们到寨里一家首富的竹楼上做了一会客，女主人汉话说得很好，善于应酬。楼上真是纤尘不染。

醉仙楼的傣族特点不在住房，而在饭食。我们在这里吃了四顿地道的傣族饭。芭蕉叶蒸豆腐。拿上来的是一个绿色的芭蕉叶的包袱，解开来，里面是豆腐，还加了点碎肉、香料，鲜嫩无比。竹筒烤牛肉。一截二尺许长的青竹，把拌了佐料的牛肉塞在里面，筒口用树叶封住，放在柴火里烤熟，切片装盘。牛肉外面焦脆，闻起来香，吃起来有嚼头。牛肉丸子。傣族人很会做牛肉。丸子小小的，我们吃了都以为是鱼丸子，因为极其细嫩。问了问，才知道是牛肉的。做这种丸子不用刀剁，而是用两根铁棒敲，要敲两个小时。苦肠丸子。苦肠是牛肠里没有完全消化的青草。傣族人生吃，做调料，蘸肉，是难得的美味。听说要请我们吃苦肠，我很高兴。只是老板怕我们吃不来，是和在肉丸子里蒸了的。有一点苦味，大概是因为碎草里有牛的胆汁。其实我倒很想尝尝生苦肠的味道。弄熟了，意思就不大了。当然，还少不了傣家的看家菜：酸笋煮鸡。不过，这道菜我们在畹町、芒市都已经吃过了。小菜是酸腌菜、鱼眼睛菜——一种树的嫩头，有小骨朵如鱼眼，酸渍。傣族人喜食酸。

醉仙楼的老板不俗。他供应我们这几顿傣家饭是没有多少赚头的。他要请我们写几个字，特地大老远地跑到县城，和一位画家匀来了几张宣纸。醉仙楼每个房间里都放着一个缅甸细陶水壶，通身乌黑，造型很美。好几个作家想托他买。因为这两天没有缅甸人过来赶集，老板就按原价卖给了他们。这些作家于是一人攮了一个陶壶，上路了。

大等喊小住两天，印象极好。

这里的乌鸦比北方的小，鸟身细长，鸣声也较尖细，不像北方乌鸦哇哇地哑叫。

一九八七年五月八日

滇南草木状

尤加利树 尤加利树北方没有。四十六年前到昆明始识此树。树叶厚重，风吹作金石声。在屋里静坐读书，听着哗啦哗啦的声音，会忽然想起：这是昆明。说不上是乡愁，只是有点觉得此身如寄。因此对尤加利树颇有感情。

尤加利树木理旋拧，有一个特殊的用途——作枕木，经得起震，不易裂。现在枕木大都改成钢或水泥制造的了，这种树就不那么受到重视了。树叶提汁，可制糖果，即桉叶糖。爱吃桉叶糖的人也不是很多。

连云宾馆门内有一棵大尤加利树，粗可合抱，少见。

叶子花 昆明叶子花多，楚雄更多。龙江公园到处都是叶子花。这座公园是新建的，建筑物的墙壁栏杆的水泥都发干净的灰白色，叶子花的紫颜色更把公园衬托得十分明朗爽洁。芒市宾馆一丛叶子花攀附在一棵大树上。树有四丈高，花一直开到树顶。

叶子花的紫，紫得很特别，不像丁香，不像紫藤，也不像玫瑰。它就是它自己那样的一种紫。

叶子花夏天开花。但在我的印象里，它好像一年到头都开，老开着，没有见它枯萎凋谢过。大概它自己觉得不过是叶子，就随便开开吧。

叶子花不名贵，但不讨厌。

马缨花　走进龙江公园，我对市文联的同志说："楚雄如果选市花，可以选叶子花。"文联的同志说："彝族有自己的花——马缨花。"马缨花？马缨花即合欢，北方多得很。"这是杜鹃科，杜鹃的一种。"那么，这不是合欢。走进开座谈会的会议室，桌上摆了一盆很大的花，我问："这是不是马缨花？"——"是的，是的。"名不虚传！这株马缨花干粗如酒杯口，横卧而出，矫矢如龙，似欲冲盆飞去。叶略似杜鹃而长，一丛一丛的，相抱如莲花瓣。周围的叶子深绿色，中心则为嫩绿。干端叶较密集，绿叶中开出一簇火红的花。花有点像杜鹃，但花瓣较坚厚，不像杜鹃那样的薄命相。花真是红。这是正红，大红。彝族人叫它马缨花是有道理的。云南的马缨不是麻丝攒成的，而是用一方红布扎成一个绣球。马缨不是缀在马的颈下，而是结在马的前额，如果是白马或黑马，老远就看得见，非常显眼。额头有马缨的马，多半是马帮里的头马。把这种花叫作马缨花，神似。马缨花大红大绿，颜色华贵，而姿态又颇奔放，于端庄中透出粗野，真是难得！

车行在高黎贡山中，公路两边的丛岭中，密林深处，时时可以看到一树通红通红的马缨花。

令箭　云南人爱种花。楚雄街上两边楼房的栏杆上摆得满满的花，各色各样，令箭尤其多。令箭北方常见，但不如楚雄的开花开得多。北方令箭，开十几朵就算不错，楚雄的令箭一盆开花上百朵。一片叶子上密密匝匝地涨出了好多骨朵，大概都有三十几个，真不得了！滇南草木，得天独厚，没有话说。

一品红　北京的一品红是栽在盆里的，高二三尺。芒市、盈江的一品红长成一人多高的树，绿叶少而红叶多，这也未免太过分了！

兰　云南兰花品类极多。盈江县招待所庭中有一棵香樟树，树丫里寄生的兰花就有四种。这都是热带兰花。有一种是我认得的，虎头兰。花大，浅黄色。有一舌，色白，舌端有紫色斑点。其余三种都未见过。一种开白花，一种开浅绿花。另一种开淡银红色的花，花瓣近似剪秋罗，很长的一串，除了有兰花一样的长叶子披下来，真很难说这是兰花。

兰中最贵重的是素心兰。大理街上有一家门前放了两盆素心兰，旁贴一纸签——“出售”。一看标价：二百。大理是素心兰的产地，本地昂贵如此，运到外地，可想而知。素心兰种在高高的泥盆里。盆腹鼓起，如一小坛。

在保山，有人要送我一盆虎头兰。怎么带呢？

茶花 茶花已经开过了。遗憾。

闻丽江有一棵茶花王，每年开花万朵，号称“万朵茶花”——当然这是累计的，一次开不了那样多。不过，这也是奇迹了。有人告诉过我，茶花最多只能开三百朵。

大青树 大青树不成材，连烧火都不燃，故能不遭斤斧，保其天年，唯堪与过往行人遮阴，此不材之材。滇南大青树多“一树成林”。

紫薇 紫薇我没有见过很大的。昆明金殿两边各有一棵紫薇，树上挂一木牌，写明是“明代紫薇”，似可信。树干近根部已经老得不成样子，疙瘩流秋。梢头枝叶尤繁茂，开花时，必有可观。用手指搔搔它的树干，无反应。它已经那么老了，不再怕痒痒了。

一九八七年五月十一日

水母宫和张郎像

山西太原晋祠在悬瓮山下，从悬瓮山流出一股很粗的泉水，泉名“难老泉”，渊渊不绝，不知流了多少年了。泉流出处不远，有一座亭子，亭里有一块竖匾，文曰“永锡难老”，是明末的小品文作家、书法家同时又是著名的妇科专家的傅青主写的。难老泉是晋水之源。晋水流经之处稻麦丰盛，草木华滋，女郎俊美。山西人对难老泉充满了感激。

晋祠很值得一看。有结构独特的圣母殿，殿里有四十二尊宋代粉塑侍女立像，好像都能说话。有全国少有的十字飞梁——十字形的桥。还有许多文物价值很高的古建筑。这里只想说说两件不大为人提起的文物——姑且也算是文物吧。

一件是水母宫，在难老亭的上首。“宫”甚小，只有一间，红墙，穹门低窄，进门得低头。宫里有一座装金的水母塑像，只有二尺许高。这像的特别处是一点都不华贵，只是一个农村的小媳妇，穿的不是凤冠霞帔，只是普通的裤褂。她身下是一口水缸，缸上扣一口锅盖。她就用北方常见的妇女坐炕的姿态，盘膝坐在锅盖上，微侧着身，伸起手来正在挽发髻，神态很从容。

这有个故事：有一个地方，缺水，吃水艰难。这个少妇嫁到这里以后，每天要到很远的地方去挑水。有一天，来了一个过路人，要一点水喝。少妇舀给他一碗，他喝了还要喝。少妇就给他一个瓢，由他自己喝。不料他竟把一缸水全喝了。少妇心里着急：今天拿什么做饭呢？这过路人说："我送你一样东西。"他把手里的马鞭子给了她，说："你把鞭子插在水缸里，要水，把鞭子往上提一截，缸里就有水了。可记住，千万不要把鞭子拔出缸外！"说完了，过路人就不见了。有一天，小媳妇回娘家去，她婆婆在家，把马鞭子狠劲往上提，一下子拔出缸外。坏了！水不断流出来，村子淹了！小媳妇正在打开头发梳头，听说婆家村子发大水了，赶紧往回奔。急中生智，拿起一口锅盖扣在水缸上，自己腾地往上一坐。水止住了，村子保住了。水退后，小媳妇才顾得上梳头。

第二件是张郎像，在难老亭下首。

难老泉流出后，东边和西边的村子都要用。水要分。怎么分？两边的村子连年打官司、打架。后来有一个地方官想了一个办法，熬了一锅滚开的热油，扔进十个铜钱，说："你们两边各出一个人，伸手到锅里去捞铜钱，哪边捞出几个钱，就分几股水。"东边村走出一个后生，伸手到油锅里捞出了七个铜钱。从此规定：东边用七股水，西边用三股水，永远不再打架、打官司。后人为了纪念小伙子，给他立了一个像。像不大，模样装束完全是一个农民。小伙子姓张，不知道名字，众口相传，叫他张郎。

有关这两件文物的故事当然是不可信的。水母宫我在别处也见过，张郎像则在离太原不远的赵城分水闸边也有一座。但是故事的思想内容却是极其真实的：水对人的生活太重要了。水不够用，要争，甚至用生命去争；水大了，又会泛滥成灾。

香港人吃的水一部分是从大陆送过去的，你们有没有兴趣听听大陆的土著编制出来的关于水的故事？

坝上

风梳着莜麦沙沙地响，
山药花翻滚着雪浪。
走半天见不到一个人，
这就是俺们的坝上。

——旧作《旅途》

香港人知道坝上的大概不多，但是不少人知道口蘑。口蘑的集散地在张家口市，但是出产在张家口地区的坝上。

张家口地区分坝上、坝下两个部分。我原来以为“坝”是水坝，不是的。所谓坝是一溜大山，齐齐的，远看倒像是一座大坝。坝上坝下，海拔悬殊。坝下七百米，坝上一千四，几乎是直上直下。汽车从万全县起爬坡，爬得很吃力。一上坝，就忽然开得轻快起来，撒开了欢。坝上是台地，非常平。北方人形容地面之平，说是平得像案板一样。而且非常广阔，一望无际。坝上下，温度也极悬殊。我上坝在九月初，原来穿的是衬衫，一上坝就披起了薄棉袄。坝上冬天冷到零下四十摄氏度。冬天上坝，汽车站都要检查乘客有没有大皮袄，曾经有人冻死在车上过。

坝上的地块极大。多大？说是有人牵了一头黄牛去犁地，犁了一趟回来，黄牛带回一只小牛犊，已经三岁了！

坝上的农作物也和坝下不同，不种高粱、玉米，种莜麦、胡麻、山药。莜麦和西藏的青稞麦是一类的东西，有点像做麦片的燕麦。这种庄稼显得非常干净，看起来像洗过一样，梳过一样。胡麻开着蓝花，像打着一把一把小伞，很秀气。山药即马铃薯。香港人是见过马铃薯的，但是种在地里的马铃薯恐怕见过的人不多。马铃薯开了花，真是像翻滚着雪浪。

坝上有草原，多马、牛、羊。坝上的羊肉不膻，因为羊吃了野葱，自己已经把膻味解了。据说，过去北京东来顺卖涮羊肉的羊都是从坝上赶了去的——不是用车运，而是雇人成群地赶去的。羊一路走，一路吃草，到北京才不掉膘。

口蘑很奇怪，长在一定的地方，不是到处长。长蘑菇的地方叫作“蘑菇圈”。在草地上远远看去，有一圈草特别绿，那就是蘑菇圈。蘑菇圈是正圆的。蘑菇就长在这一圈草里——圈里不长，圈外也不长。有人说这地方过去曾扎过蒙古包，蒙古族的人把吃剩的肉汤、骨头丢在蒙古包周围，这一圈土特别肥，所以长蘑菇。但据研究蘑菇的专家告诉我，兹说不可信。我采过蘑菇。下过雨，出了太阳，空气潮暖，蘑菇就出来了。从土里顶出一个小小的白帽，雪白的。哈，蘑菇！我第一次采到蘑菇，其惊喜不下于小时候第一次钓到一条鱼。

口蘑品种很多。伞盖背面菌丝作紫黑色的，叫“黑片蘑”，品最次。比较名贵的是青腿子、鸡腿子、白蘑。我曾亲自采到一个白蘑，晾干了，带回北京。一个白蘑做了一大碗汤，一家人都喝了，都说：“鲜极了！”口蘑要干制了才好吃，鲜口蘑不好吃，不像云南的鸡枞或冬菇。我在井冈山吃过才摘的鲜冬菇，风味绝佳，无可比拟。

坝上还出百灵。过去有那种游手好闲，不好好种地的人，即靠采蘑菇和扣百灵为生。百灵为什么要“扣”呢？因为它是落在地面上的。百灵的爪子不能拳曲，不能栖息在树上——抓不住树枝。养百灵的笼里不要栖棍，只有一个“台”，百灵想唱歌，就登台表演。至于怎样“扣”，我则未闻其详。关里的百灵很多都是从“口外”去的。但是口外百灵到了关里得经过一段时间的调教，否则它叫起来带有口外的口音。咦，鸟还有乡音呀？

辑三

浴日漫感

论“世故”

“人生在世……”

“时代的巨轮……”

我们在一堆充满符箓性质的文字催眠中长大了。从穿了童子军装在草地上打滚，直到插一朵白康乃馨去参加一个夜宴。能够摆脱这一堆文字与其影响（尤其是那些暗暧到自己不肯承认）的，实在很少。起先，我们强不知为知，以为这些道理在生活中，一定至少与吃饭穿衣一样重要。其后强知以为不知，服从于既成的习惯，不想到怀疑这些。于是，终于，我们必然地在课卷上写下“万恶的社会……”

一个带国文的教员最头疼的事，大概不是学生文理不通顺或错字太多，而是这些拂不散的蚊虫、推不开的蛙叫一样的滥调。一个青年人存储在喉头附近最多的词汇应是黑暗、危险、阴谋。

一想到这些字，他们大都立刻拥有一种战栗的愉快，一种被迫害的光荣，一种自痛的骄傲。说实话，这一类抽象字眼，真不太容易懂得。一个聪明、正常的老年人，在炉火的最后三个火焰前，也许会想想字典上是否有这类字眼存在的必要，消灭这类字眼，或比消灭字眼所代表的事实更重要些。因为这个老年人的脊背可能是教这些字时弯的。因为有了这些字，人必须得又创造一个新的词汇：世故。就是这两个字，在我们额上刻下无数难看的皱纹了：

“少年老成”是一句很普通也很难得的称赞。“他，小孩子嘛，丝毫不懂得世故！”这会令被菲薄人的父母寒心，于是其结果是，大家学“世故”。

社会上有一种人，大都事业或事业方向已确定（不如说是注定）。为公务员，做官，读书，成学者。大都不□有一点名气，一点□□，起居生活规矩如火车时刻表，不会脱节误点。□□□□有一定单位，一定数量。约略与历书相似，自己以为安命顺天，其实是偷生懒惰。在吃饭生孩子满足一个生物的本能之余，则把生命耗在“世故”上。

他们在某个年龄上，只要不是“断桥”，便会留起胡子，看一点佛经，读太上老君阴骘文，乃至坑□人禅要研究，研究柏拉图。这种人见到人照例点头鞠躬，哈腰摆手。常常助人，但助人由于满足礼佛心理而非由于爱人。不大责人，责人则是表示崇超，并不真细心体贴。同座有人评述一件事，一个人，他总是不动声色，貌似胸有城府而实在是漆黑一团，无话可说。有人拉他从事一件较有关系运动工作，一字嘿然不声，用超然态度掩饰其□□

踟蹰。如其被大家声势所迫，不愿表示自己“落伍”“保守”，必须在一张宣言草案之类纸张上签名，那他的笔在手中，一定轻抖，心里也许正想如何故意写得不像自己笔迹，以便日后圆赖，够了，这便已经够了。有这些，自然，“成功”永远是他的。

这种人是世界上最多的，他们的一套传统思想，便是“世故”。

“世故”是什么？是不向高处飞，不向远处走，也不向深处掘发，守定在一个小圈子内过日子。但是，世故的人可太多了，而地球却并未年年增加其面积；这些人各想占据一个地位，那怎么办呢？

“世故”是什么？是守在一个小圈子里过日子，并用最简便的方法过日子。最简便的方法当是占别人便宜，剽窃别人劳力，偷卖别人权利。大家都想如此，怎么办？

怎么办呢？他们的解决办法，还是“世故”。于是“世故”中包含许多算计、倾轧、陷害，本来是可厌的，更加上了可恨，本来可弃，现在加上可杀了。

总算“世故”的人懂“世故”，不好意思只许自己如此。他们到留了胡子时候，也跟年轻人说：社会充满了黑暗，危险，阴谋，社会是万恶的，你们必须“世故”。这个“世故”的意思是“退让”，“任人剥削”。等这般年轻的长大了，多年的媳妇熬成了婆，又如法炮制用这两个字送给下一辈子。“世故”会存在到世界的末日，而世界的末日也就是这两个字造成的。

世界并不黑暗，也不危险，因为世界是我们的。世界上没有阴谋，因为我们没有阴谋。所以，我们用不着“世故”，社会并不是万恶的，因为我们不“世故”。

谈风格

一个人的风格是和他的气质有关系的。布封说过："风格即人。"中国也有"文如其人"的说法。人和人是不一样的。取舍不同，静躁异趣。杜甫不能为李白的飘逸，李白也不能为杜甫的沉郁。苏东坡的词宜关西大汉执铁绰板唱"大江东去"，柳耆卿的词宜十三四女郎持红牙板唱"今宵酒醒何处？杨柳岸，晓风残月"。中国的词大体为豪放与婉约两派。其他文体大体也可以这样划分。不知从什么时候起，因为什么，豪放派占了上风。茅盾同志曾经很感慨地说：现在很少人写婉约的文章了。有段时间，没有人提起风格这个词。我在"样板团"工作过。江青规定："要写'大江东去'，不要'小桥流水'！"我是个只会写"小桥流水"的人，也只好跟着唱了十年空空洞洞的豪言壮语。三中全会以后，我才又重新开始发表小说，我觉得我可以按照我自己的样子写小说了。三中全会以后，文艺形势空前大好的标志之一，是出现了很多不同风格的作品。这一点是"十七年"所不能比拟的。那时作品的风格比较单一。茅盾同志发出感慨，正是在那样的时候。一个人要使自己的作品有风格，要能认识自己、发现自己，并且，应该不客气地说，欣赏自己。“我与我周旋久，宁作我。”一个人很少愿意自己是另外一个人的。一个人不能说自己写得最好，“老子天下第一”。但是就这个题材，这样的写法，以我为最好，只有我能这样写。我和我比，我第一！一个随人俯仰、毫无个性的人是不能成为一个作家的。

其次，要形成个人的风格，读和自己气质相近的书。也就是说，读自己喜欢的书、对自己口味的书。我不太主张一个作家有系统地读书。作家应该博学，一般的名著都应该看看。但是作家不是评论家，更不是文学史家。我们不能按照中外文学史循序渐进，一本一本地读那么多书，更不能按照文学史的定论客观地决定自己的爱恶。我主张抓到什么就读什么，读得下去就一连气读一阵，读不下去就抛在一边。屈原的代表作是《离骚》，我直到现在还是比较喜欢《九歌》。李、杜是大家，他们的诗我也读了一些，但是在大学的时候，我有一阵偏爱王维。后来又读了一阵温飞卿、李商隐。诗何必盛唐。我觉得龚定庵的态度很好：“我论文章恕中晚，略工感慨是名家。”有一个人说得更为坦率：“一种风流吾最爱，六朝人物晚唐诗。”有何不可。一个人的兴趣有时会随年龄、境遇发生变化。我在大学时很看不起元人小令，认为浅薄无聊。后来因为工作关系，读了一些，才发现其中的淋漓沉痛处。巴尔扎克很伟大，可是我就是不能用社会学的观点读他的《人间喜剧》。托尔斯泰的《战争与和平》，我是到近四十岁时，才硬着头皮读完了的。孙犁同志说他喜欢屠格涅夫的长篇，不喜欢他的短篇；我则正好相反。我认为都可以。作家读书，允许有偏爱。作家所偏爱的作品往往会影响他的气质，成为他的个性的一部分。契诃夫说过："告诉我你读的是什么书，我就可知道你是一个怎样的人。"作家读书，实际上是读另外一个自己所写的作品。法朗士在《生活文学》第一卷的序言里说过："为了真诚坦白，批评家应该说：'先生们，关于莎士比亚，关于拉辛，我所讲的就是我自己。'"作家更是这样。一个作家在谈论别的作家时，谈的常常是他自己。"六经注我"，中国的古人早就说过。

一个作家读很多书，但是真正影响到他的风格的，往往只有不多的作家，不多的作品。有人问，我受哪些作家影响比较深，我想了想：古人里是归有光，中国现代作家是鲁迅、沈从文、废名，外国作家是契诃夫和阿左林。

我曾经在一次讲话中说到归有光善于以清淡的文笔写平常的人事。

这个意思其实古人早就说过。黄梨洲《文案》卷三《张节母叶孺人墓志铭》云：

> 予读震川文之为女妇者，一往情深，每以一二细事见之，使人欲涕。盖古今来事无巨细，唯此可歌可泣之精神，长留天壤。

姚鼐《与陈硕士》尺牍云：

> 归震川能于不要紧之题，说不要紧之语，却自风韵疏淡，此乃是于太史公深有会处，此境又非石士所易到耳。

王锡爵《归公墓志铭》说归文“无意于感人，而欢愉惨恻之思，溢于言表”。连被归有光诋为“庸妄巨子”的王世贞在晚年也说他“不事雕饰而自有风味”（《归太仆赞序》），这些话都说得非常中肯。归有光的名文有《先妣事略》《项脊轩志》《寒花葬志》等篇。我受到影响的也只是这几篇。归有光在思想上是正统派，我对他的那些谈学论道的大文实在不感兴趣。我曾想：一个思想迂腐的正统派，怎么能写出那样富于人情味的优美的抒情散文呢？这问题我一直还没有想明白。归有光自称他的文章出于欧阳修。读《泷冈阡表》，可以知道《先妣事略》这样的文章的渊源。但是归有光比欧阳修写得更平易，更自然。他真是做到“无意为文”，写得像谈家常话似的。他的结构“随事曲折”，若无结构。他的语言更接近口语，叙述语言与人物语言衔接处若无痕迹。他的《项脊轩志》的结尾：

> 庭有枇杷树，吾妻死之年所手植也，今已亭亭如盖矣。

平淡中包含几许惨恻，悠然不尽，是中国古文里的一个有名的结尾。使我更为惊奇的是前面的：“吾妻归宁，述诸小妹语曰：‘闻姊家有阁子，且何谓阁子也？’”话没有说完，就写到这里。想来归有光的夫人还要向小妹解释何谓阁子的，然而，不写了。写出了，有何意味？写了半句，而闺阁姊妹之间闲话神情遂如画出。这种照生活那样去写生活，是很值得我们今天写小说时参考的。我觉得归有光是和现代创作方法最能相通，最有现代味儿的一位中国古代作家。我认为他的观察生活和表现生活的方法很有点像契诃夫。我曾说归有光是中国的契诃夫，并非怪论。

中国现代作家的作品我读得比较熟的是鲁迅，我曾发愿将鲁迅的小说和散文像金圣叹批《水浒》那样，逐句逐段地加以批注。搞了两篇，因故未竟其事。中国二十世纪五十年代以前的短篇小说作家不受鲁迅的影响的，几乎没有。近年来研究鲁迅的、谈鲁迅的思想的较多，谈艺术技巧的少。现在有些年轻人已经读不懂鲁迅的书，不知鲁迅的作品好在哪里了。看来宣传艺术家鲁迅，还是我们的责任。这一课必须补上。

我是沈从文先生的学生。

废名这个名字现在几乎没有人知道了。国内出版的中国现代文学史没有一本提到他。这实在是一个真正很有特点的作家。他在当时的读者就不是很多，但是他的作品曾经对相当多的二十世纪三四十年代的青年作家，至少是北方的青年作家，产生过颇深的影响。这种影响现在看不到了，但是它并未消失。它像一股泉水，在地下流动着。也许有一天，会汩汩地流到地面上来的。他的作品不多，一共大概写了六本小说，都很薄。他后来受了佛教思想的影响，作品中有见道之言，很不好懂。

《莫须有先生传》就有点令人莫名其妙，到了《莫须有先生坐飞机以后》就不知所云了。但是他早期的小说，《桥》《枣》《桃园》和《竹林的故事》，写得真是很美。他把晚唐诗的超越理性、直写感觉的象征手法移到小说里来了。他用写诗的办法写小说，他的小说实际上是诗。他的小说不注重写人物，也几乎没有故事。《竹林的故事》算是长篇，叫作“故事”，实无故事，只是几个孩子每天生活的记录。他不写故事，写意境。但是他的小说是感人的，使人得到一种不同寻常的感动。因为他对于小儿女是那样富于同情心。他用儿童一样明亮而敏感的眼睛观察周围世界，用儿童一样简单而准确的笔墨来记录。他的小说是天真的，具有天真的美。因为他善于捕捉儿童的飘忽不定的思想和情绪，他运用了意识流。他的意识流是从生活里发现的，不是从外国的理论或作品里搬来的。有人说他的小说很像弗·伍尔夫，他说他没有看过伍尔夫的作品。后来找来看看，自己也觉得果然很像。这是一个很有趣的现象。身在不同的国度，素无接触，为什么两个作家会找到同样的方法呢？因为他追随流动的意识，因此他的行文也和别人不一样。周作人曾说废名是一个讲究文章之美的小说家，又说他的行文好比一溪流水，遇到一片草叶，都要去抚摸一下，然后又汪汪地向前流去。这说得实在非常好。

我讲了半天废名，你也许会在心里说：你说的是你自己吧？我跟废名不一样（我们的世界观首先不同）。但是我确实受过他的影响，现在还能看得出来。

契诃夫开创了短篇小说的新纪元。他在世界范围内使“小说观”发生了很大的变化，从重情节、编故事发展为写生活、按照生活的样子写生活。从戏剧化的结构发展为散文化的结构。于是才有了真正的短篇小说，现代的短篇小说。托尔斯泰最初很看不惯契诃夫的小说。他说契诃夫是一个很怪的作家，他好像把文字随便地丢来丢去，就成了一篇小说了。托尔斯泰的话说得非常好。随便地把文字丢来丢去，这正是现代小说的特点。

“阿左林是古怪的”（这是他自己的一篇小品的题目）。他是一个沉思的、回忆的、静观的作家。他特别擅长描写安静、描写在安静的回忆中的人物的心理的潜微的变化。他的小说的戏剧性是觉察不出来的戏剧性。他的“意识流”是明澈的、覆盖着清凉的阴影，不是芜杂的、纷乱的。热情的恬淡；入世的隐逸。阿左林笔下的西班牙是一个古旧的西班牙，真正的西班牙。

以上，我老实交代了我曾经接受过的影响，未必准确。至于这些影响怎样形成了我的风格（假如说我有自己的风格），那是说不清楚的。人是复杂的，不能用化学的定性分析方法分析清楚。

但是研究一个作家的风格，研究一下他所曾接受的影响是有好处的。如果你想学习一个作家的风格，最好不要直接学习他本人，还是学习他所师承的前辈。你要认老师，还得先见见太老师。一祖三宗，渊源有自。这样才不致流于照猫画虎，邯郸学步。

一个作家形成自己的风格大体要经过三个阶段：一，模仿；二，摆脱；三，自成一家。初学写作者，几乎无一例外，要经过模仿的阶段。我年轻时写作学沈先生，连他的文白杂糅的语言也学。我的《汪曾祺小说选》第一篇《复仇》，就有模仿西方现代派的方法的痕迹。后来岁数大了一点，到了"而立之年"了吧，我就竭力想摆脱我所受的各种影响，尽量使自己的作品不同于别人。郭小川同志有一次碰到我，说："你说过的一句话，我到现在还记得。"我问他是什么话，他说："你说过：凡是别人那样写过的，我就决不再那样写！"我想想，是说过。我现在不说这个话了。我现在岁数大了，已经无意于使自己的作品像谁，也无意使自己的作品不像谁了。别人是怎样写的，我已经模糊了，我只知道自己这样的写法，只会这样写了。我觉得怎样写合适，就怎样写。我现在看作品，已经很少从形成自己的风格这样的角度去看了。对于曾经影响过我的作家的作品，近几年我也很少再看。然而：

菌子已经没有了，但是菌子的气味留在空气里。影响，是仍然存在的。

一个人也不能老是一个风格，只有一种风格。风格，往往是因为所写的题材不同而有差异的。或庄，或谐；或比较抒情，或尖刻冷峻。但是又看得出还是一个人的手笔。一方面文备众体，另一方面又自成一家。

谈谈风俗画

有几位评论家都说，我的小说里有风俗画。这一点是我原来没有意识到的。经他们一说，我想想倒是有的。有一位文学界的前辈曾对我说，“你那种写法是风俗画的写法”，并说这种写法很难。风俗画的写法是怎样一种写法？这种写法难吗？我不知道。有人干脆说我是一个风俗画作家……

我是很爱看风俗画的。十七世纪荷兰学派的画、日本的浮世绘，我都爱看。中国的风俗画的传统很久远了。汉代的很多画像石刻、画像砖都画（刻）了迎宾、饮宴、耍杂技——倒立、弄丸、弄飞刀……有名的说书俑，滑稽中带点愚蠢，憨态可掬，看了使人不忘。晋唐的画以宗教画、宫廷画为大宗。但这当中也不是没有风俗画，敦煌壁画中的杰作《张义潮出巡图》就是。墓葬中的笔致粗率天真的壁画，也多涉及当时的风俗。宋代风俗画似乎特别的流行，《清明上河图》是一个突出的例子。我看这幅画，能够一看看半天。我很想在清明那天到汴河上去玩玩，那一定是非常好玩的。南宋的画家也多画风俗。我从马远的《踏歌图》知道

"踏歌"是怎么回事，从而增加了对"桃花潭水深千尺，不及汪伦送我情"的理解。这种"踏歌"的遗风，似乎现在朝鲜还有。我也很爱李嵩、苏汉臣的《货郎图》，它让我知道南宋的货郎担上有那么多卖给小孩子们的玩意，真是琳琅满目，都蛮有意思。元明的风俗画我所知甚少。清朝罗两峰的《鬼趣图》可以算是风俗画。幸好这时兴起了年画。杨柳青、桃花坞的年画大部分都是风俗画，连不画人物只画动物的也都是，如《老鼠嫁女》。我很喜欢这张画，如鲁迅先生所说，所有俨然穿着人的衣冠的鼠类，都尖头尖脑的非常有趣。陈师曾等人都画过北京市井的生活。风俗画的雕塑大师是泥人张。他的《钟馗嫁妹》《大出丧》，是近代风俗画的不朽的名作。

我也爱看讲风俗的书，从《荆楚岁时记》直到清朝人写的《一岁货声》之类的书都爱翻翻。还是上初中的时候，一年暑假，我在祖父的尘封的书架上发现了一套巾箱本木活字聚珍版的丛书，里面有一册《岭表录异》，我就很有兴趣地看起来，后来又看了《岭外代答》，从此就对讲地理的书、游记，产生了一种嗜好。不过我最有兴趣的是讲风俗民情的部分，其次是物产，尤其是吃食。对山川疆域，我看不进去，也记不住。宋元人笔记中有许多是记风俗的，《梦溪笔谈》《容斋随笔》里有不少条记各地民俗，都写得很有趣。明末的张岱特长于记述风物节令，如记西湖七月半、泰山进香，以及为祈雨而赛水浒人物，都极生动。虽然难免有鲁迅先生所说的夸张之处，但是绘形绘声，详细而不琐碎，实在很教人向往。我也很爱读各地的竹枝词，尤其爱读作者自己在题目下面或句间所加的注解。这些注解常比本文更有情致。我放在手边经常看看的一本书是古典文学出版社出的《东京梦华录》(外四种——《都城纪胜》《西湖老人繁胜录》《梦粱录》《武林旧事》)，这样把记两宋风俗的书汇为一册，于翻检上极便，是值得感谢的，只是断句断错的地方太多。这也难怪，有一位历史学家就说过《东京梦华录》是一本难读的书。因为对当时的情形和语言不明白，所以不好断句。

我对风俗有兴趣，是因为我觉得它很美。我在一篇文章里说过，“我以为风俗是一个民族集体创作的生活的抒情诗”(《〈大淖记事〉是怎样写出来的》)。这是一句随便说说的话，没有任何学术意义，但也不是一点道理没有。我以为，风俗，不论是自然形成的，还是包含一定的人为的成分(如自上而下的推行)，都反映了一个民族对生活的挚爱，对“活着”所感到的欢悦。他们把生活中的诗情用一定的外部的形式固定下来，并且相互交流，融为一体。风俗中保留一个民族的常绿的童心，并对这种童心加以圣化。风俗使一个民族永不衰老。风俗是民族感情的重要的组成部分。斯大林把民族感情引为民族的要素之一。民族感情是抽象的，看不见摸不着，但它确实存在着。民族感情常常体现在风俗中。风俗，是具体的。一种风俗对维系民族感情的作用是不可估量的，如那达慕、刁羊、麦西来甫、三月街……

所谓风俗，主要指仪式和节日。仪式即“礼”。礼这个东西，未可厚非。据说，辜鸿铭把中国的“礼”翻译成英语时，译为“生活的艺术”。这传闻不知是否可靠，却很有意思。礼是具有艺术性的，很好玩的，假如我们抛开其中迷信和封建的内核，单看它的形式。礼，包括婚礼和丧礼。很多外国的和中国少数民族的民间舞蹈常常以“××人的婚礼”作题目，那是在真实的婚礼的基础上加工而成的。结婚，对一个少女来说，意味着迈进新的生活，同时也意味着向过去的一切告别了。因此，这一类的舞蹈大都既有喜悦，又有悲哀，混合着复杂的感情，其动人处也在此。中国西南几个民族都有“哭嫁”的习俗。临嫁的姑娘要把要好的姊妹约来哭（唱）一夜甚至几夜。那歌词大都是充满了真情，很美的。我小时候最爱参加丧礼，不管是亲戚家的还是自己家的。我喜欢那种平常没有的“当大事”的肃穆的气氛，所有的人好像一下子都变得高雅起来、多情起来了，大家都像在演戏，在扮演一种角色，很认真地扮演着。我喜欢“六七开吊”，那是戏的顶点。我们那里开吊那天要“点主”。点主，就是在亡人的牌位上加一点。白木的牌位上事先写好了某某人之“神王”，要在王字上加一点，这才成了“神主”。点主不是随随便便点的，很隆重。要请一个有功名的老辈人来点。点主的人就位后，礼生喝道：“凝神，——想象，请加墨主！”点主人用一支新墨笔在“王”字上点一点；然后，再："凝神，——想象，请加朱主！"点主人再用朱笔点一点，把原来的墨点盖住。这样，一个人的魂灵就进了这块牌位了。"凝神——想象"，这实在很有点抒情的意味，也很有戏剧性。我小时看点主，很受感动，至今印象犹深。

至于节日，那更不用说了。试想一下，如果没有那样多的节，我们的童年将是多么贫乏，多么缺乏光彩呀。日本人对传统的节日非常重视。多么现代化的大企业，到了盂兰盆节这一天，也要停产放假，举行集体的游乐活动。这对于培养和增强民族的自信，无疑是会有好处的。

风俗、仪式和节日，是历史的产物，它必然是要消亡的。谁也不会提出恢复所有的传统的风俗，但是把它们记录下来，给现在的和将来的人看看，是有着各方面的意义的。我很希望中国民俗学会能编出两本书，一本《中国婚丧礼俗》，一本《中国的节日》。现在着手，还来得及。否则，到了"礼失而求诸野"，要到穷乡僻壤去访问搜集，就费事了。

为什么要在小说里写进风俗画？前已说过，我这样做原是无意的。只是因为我的相当一部分小说是写我的家乡的，写小城的生活，平常的人事，每天都在发生、举目可见的小小悲欢，这样，写进一点风俗，便是很自然的事了。"人情"和"风土"原是紧密关联的。写一点风俗画，对增加作品的生活气息、乡土气息，是有帮助的。风俗画和乡土文学有着血缘关系，虽然二者不是一回事。很难设想一部富于民族色彩的作品一点不涉及风俗。鲁迅的《故乡》《社戏》，包括《祝福》，是风俗画小说的典范。《朝花夕拾》每篇都洋溢着罗汉豆的清香。沈从文的《边城》如果不是几次写到端午节赛龙船，便不会有那样浓郁的色彩。“风俗画小说”，在一般人的概念里，不是一个贬词。

风俗画小说的文体几乎都是朴素的。风俗本身是自自然然的。记述风俗的书原来不过是聊资谈助，大都是随笔记之，不事雕饰。幽兰居士孟元老《东京梦华录序》云：“此语言鄙俚，不以文饰者，盖欲上下通晓耳，观者幸详焉。”用华丽的文笔记风俗的人好像还很少。同样，风俗画小说所记述的生活也多是比较平实的，一般不太注重强烈的戏剧化的情节。写风俗而又富于浪漫主义的戏剧性的情节的，似乎只有梅里美一人。但他所写的往往是异乡的奇俗（如世代复仇），人们通常是不把梅里美列在风俗画作家范围内的。风俗画小说，在本质上是现实主义的。

记风俗多少有点怀旧，但那是故国神游，带抒情性，并不流于伤感。风俗画给予人的是慰藉，不是悲苦。就我所见过的风俗画作品来看，调子一般不是低沉的。

小说里写风俗，目的还是写人。不是为写风俗而写风俗，那样就不是小说，而是风俗志了。风俗和人的关系，大体有这样三种：

一种是以风俗作为人的背景。

一种是把风俗和人结合在一起，风俗成为人的活动和心理的契机。比如：

去年元夜时，
花市灯如昼，
月上柳梢头，
人约黄昏后。

又如苏北民歌《探妹》：

正月里探妹正月正，
我带小妹子看花灯，
看灯是假的，
妹子呀，试试你的心。

《边城》几次写端午节赛龙船，和翠翠的情绪的发育和感情的变化是紧紧扣在一起的，并且是情节发展不可缺少的纽带。

也有时，看起来是写风俗，实际上是在写人。我的小说里写风俗占篇幅最长的大概是《岁寒三友》里描写放焰火的一段。因为这篇小说见到的人不是很多，我把这一段抄录在下面：

这天天气特别好。万里无云，一天皓月。阴城的正中，立起一个四丈多高的架子。有人早早吃了晚饭，而扛了板凳来等着了。各种卖小吃的都来了。卖牛肉高粱酒的、卖回卤豆腐干的，卖五香花生米的、芝麻灌香糖的，卖豆腐脑的，卖煮荸荠的，还有卖河鲜——卖紫皮鲜菱角和新剥鸡头米的……到处是“气死风”的四角玻璃灯，到处是白蒙蒙的热气、香喷喷的茴香八角气味。人们寻亲访友，说短道长，来来往往，亲亲热热，阴城的草都被踏倒了。人们的鞋底也叫秋草的浓汁磨得滑溜溜的。

忽然，上万双眼睛一齐朝着一个方向看。人们的眼睛一会儿睁大，一会儿眯细；人们的嘴一会儿张开，一会儿又合上；一阵阵叫喊，一阵阵欢笑，一阵阵掌声——陶虎臣点着了焰火了。

（中间还有一段具体描写几种焰火的，文长不录）

……火光炎炎，逐渐消隐，这时才听到人们呼唤：

“二丫头，回家咧！”

“四儿，你在哪儿哪？”

“奶奶，等等我，我鞋掉了！”

人们摸摸板凳，才知道：呀，露水下来了。

这里写的是风俗，没有一笔写人物。但是我自己知道笔笔都着意写人，写的是焰火的制造者陶虎臣。我是有意在表现人们看焰火时的欢乐热闹气氛中表现生活一度上升时期陶虎臣的愉快心情，表现用自己的劳作为人们提供欢乐，并于别人的欢乐中感到欣慰的一个善良人的品格的。这一点，在小说里明写出来，也是可以的，但是我故意不写，我把陶虎臣隐去了，让他消融在欢乐的人群之中。我想读者如果感觉到看焰火的热闹和欢乐，也就会感觉到陶虎臣这个人。人在其中，却无觅处。

写风俗，不能离开人，不能和人物脱节，不能和故事情节游离。写风俗不能流连忘返，收不到人物的身上。

风俗画小说是有局限性的。一是风俗画小说往往只就人事的外部加以描写，较少刻画人物的内心世界，不大作心理描写，因此人物的典型性较差。二是，风俗画一般是清新浅易的，不大能够概括十分深刻的社会生活内容，缺乏历史的厚度，也达不到史诗一样的恢宏的气魄。因此，风俗画小说常常不能代表一个时代的文学创作的主流。这一点，风俗画小说作者应该有自知之明，不要因为自己的作品没有受到重视而气愤。

因此，我希望自己，也希望别人，不要只是写风俗画。并且，在写风俗画小说时也要有所突破，向生活的深度和广度掘进和开拓。

一九八四年一月二十二日

我是一个中国人

——我的创作生涯

我的家乡是江苏北部一个不大的县，挨着大运河。乡下有劳苦的农民。城里有生活荒唐的地主、规规矩矩的生意人和整天在作坊里用大概两千年前就有的工具做工的工匠，这城里不少人是正直的，但也是因循的、封闭的，缺乏开创精神和叛逆思想。他们读过一些孔子、孟子的书，信奉玉皇大帝、灶君菩萨、财神爷和狐仙。生活是平静的。每天生出一些婴孩，死去一些老人。不管遇到什么灾害，水灾、旱灾、兵乱，居民都用一种出奇的韧性接受下来，勉强度过。他们的情绪是稳定的，不像有些西方人那样充满激动与不安，我的相当一部分小说表现的就是这样的人，他们的起伏不大，不太形之于色的小小的悲欢。我本人的思想也多少受了这小城居民的影响，虽然我十九岁就离开家乡了。

我从小生活在这个小城里。过年，过节，看迎赛城隍，看“草台班子”的戏，看各色各样的店铺，看银匠打首饰，竹匠制竹器，画匠画“家神菩萨”，铁匠打镰刀。东看看，西看看。我的记忆力有点畸形。对记忆数学公式、英文单词，非常低能，但对颜色、声音、气味的记忆是出色的，也许因此注定我只能当一个作家。

我的父亲是一个画家——当然是画中国的彩墨画的。我从小爱看他作画，我小时在绘画方面颇有才能。中国画有两大派。一派是工笔画，一派是写意画。工笔画注重表现物象，写意画注意画家对物象的感受。我父亲是画写意画的。中国画讲究“计白当黑”，即留出大量的空白，让看画的人有想象的余地。这两者对我的小说创作有一定影响。一是我不详细地描写人物和背景；二是尽量少写一点。

一九三九年，我就读昆明的西南联合大学中国文学系。教我们写作的是沈从文先生。沈先生是以一个作家的身份教书的。他讲课没有课本，也没有系统，只是随便漫谈。他不善于言词，家乡口音又很重，说话是轻轻地，不好懂。他经常说的一句话是：“要贴到人物来写。”但是这一句话使我终身受用。他的意思是作者的笔随时要和人物贴紧，不能飘浮空泛。我是沈先生亲授的弟子，我的作品自然受他的影响很深。但是沈先生曾对我说：你是你自己。

在中国当代作家中，我的作品里中国传统思想文化影响的痕迹比较明显。我以为一个中国人，尤其是一个作家，都会或多或少地接受这样那样的传统文化的影响的。孔子的影响，老庄的影响，甚至佛教禅宗的影响。一般说来，中国作家所受传统文化影响是混杂的，什么都有一点，而又融入了作者的现代意识之中。有一个评论家说我写的一些人物的恬淡自然的生活态度有老庄痕迹，并推断我本人也是欣赏老庄的。我年轻时确是读过《庄子》。但是我自己反省了一下，我还是较多地接受了儒家的影响。我觉得孔子是个很近人情的思想家，并且是一个诗人。我很欣赏曾点的志向："暮春者，春服既成，冠者五六人，童子六七人，浴乎沂，风乎舞雩，咏而归。"我以为这是一种超脱的、美的、诗意的生活态度。我欣赏宋儒的这样的诗："万物静观皆自得，四时佳兴与人同。""顿觉眼前生意满，须知世上苦人多"。我是一个中国式的、抒情的人道主义者。我希望在普通人的身上看出人的价值，人的诗意，人的美。我追求的是和谐，不是深刻。

我年轻时读过一些西方的作品，受了一些影响。台湾在介绍我的作品时说我是中国最早使用现代派和意识流的作家。其实在我之前，废名、林徽因已经使用这样的手法了。不过，我年轻时确实比较大量地使用过（现在这样的手法在我的作品里并未绝迹）。后来，我的风格变了。我比较正视现实，严酷的现实教育我不得不正视；同时有意识地接受了中国古典文学和民间文学的传统。因为我是一个中国人。我不反对当代中国的一些青年作家竭力向西方学习，但是一个中国作家的作品永远不会写得和西方作家一样，因为你写的是中国的人和事，你的思维方式是中国式的，你对生活的审察的角度是中国的，特别是你是用中国话——汉语写作的。我认为，作品的语言是有决定意义的。一个作家必须精通中国的语言，语言的美，语言的诗意，语言的音乐性和它可能引起的尽可能广阔的联想。语言具有辐射性。一个作家的看来似乎平常的语言所能暗示出来的信息愈多，他的语言就愈有嚼头，也具有更大的民族性。我相信西方现代派的作家对他本国的语言也是精通的。如果一个中国作家写出来的作品的语言像是翻译作品的语言，一种不三不四的，用汉字写出来的外国话，那他只能是鲁迅所说的“假洋鬼子”。因此，我在北京市作协举行的一次我的作品的讨论会上所做的简短的发言的题目是《回到现实主义，回到民族传统》。当然，我说的现实主义是能吸收各种流派的现实主义，我说的民族传统是不排斥任何外来影响的民族传统。

谢谢！

七十书怀

六十岁生日，我写过一首诗：

冻云欲湿上元灯，
漠漠春阴柳未青。
行过玉渊潭畔路，
去年残叶太分明。

这不是“自寿”，也没有“书怀”，“即事”而已。六十岁生日那天一早，我按惯例到所居近处的玉渊潭遛了一个弯，所写是即目所见。为什么提到上元灯？因为我的生日是旧历的正月十五。据说我是日落酉时建生，那么正是要“上灯”的时候。沾了元宵节的光，我的生日总不会忘记。但是小时不做生日，到了那天，我总是鼓捣一个很大的，下面安四个轱辘的兔子灯，晚上牵了自制的兔子灯，里面插了蜡烛，在家里厅堂过道里到处跑，有时还要牵到相熟的店铺中去串门。我没有“今天是我的生日”的意识，只是觉得过“灯节”（我们那里把元宵叫作“灯节”）很好玩。十九岁离乡，四方漂泊，过什么生日！后来在北京安家，孩子也大了，家里人对我的生日渐渐重视起来。到了那天，总得“表示”一下。尤其是我的孙女和外孙女，她们对我的生日比别人更为热心，因为那天可以吃蛋糕。六十岁是个整寿。但我觉得无所谓。诗的后两句似乎有些感慨，但是究竟有什么感慨，也说不清。那天是阴天，好像要下雪，天气其实是很舒服的，诗的前两句隐隐约约有一点喜悦。总之，并不衰瑟，更没有过一年少一年这样的颓唐的心情。

一晃，十年过去了，我七十岁了。七十岁生日那天写了一首《七十书怀出律不改》：

悠悠七十犹耽酒，唯觉登山步履迟。
书画萧萧余宿墨，文章淡淡忆儿时。
也写书评也作序，不开风气不为师。
假我十年闲粥饭，未知留得几囊诗。

这需要加一点注解。

中国人的平均寿命比以前增高多了。我记得小时候看家里大人和亲戚，过了五十，就是“老太爷”了。我祖父六十岁生日，已经被称为“老寿星”。“人生七十古来稀”，现在七十岁不算稀奇了。不过七十总是个“坎儿”。不知从什么时候起，别人对我的称呼从“老汪”改成了“汪老”。我并无老大之感。但从去年下半年，我一想我再没有六十几了，不免有一点紧张。我并不太怕死，但是进入七十，总觉得去日苦多，是无可奈何的事。所幸者，身体还好。去年年底，还上了一趟武夷山。武夷山是低山，但总是山。我一度心肌缺氧，一般不登山。这次到了武夷绝顶天游，没有感到心脏有负担。看来我的身体比前几年还要好一些，再工作几年，问题不大。当然，上山比年轻人要慢一些。因此，去年下半年偶尔会有的紧张感消失了。

我的写字画画本是遣兴自娱而已，偶尔送一两件给熟朋友。后来求字求画者渐多。大概求索者以为这是作家的字画，不同于书家画家之作，悬之室中，别有情趣耳，其实，都是不足观的。我写字画画，不暇研墨，只用墨汁。写完画完，也不洗砚盘色碟，连笔也不涮。下次再写、再画，加一点墨汁。“宿墨”是纪实。今年（一九九〇）一月十五日，画水仙金鱼，题了两句诗：

宜入新春未是春，
残笺宿墨隔年人。

这幅画的调子是灰的，一望而知用的是宿墨。用宿墨，只是懒，并非追求一种风格。

有一个文学批评用语我始终不懂是什么意思，叫作“淡化”。淡化主题、淡化人物、淡化情节，当然，最终是淡化政治。“淡化”总是不好的。我是被有些人划入淡化一类了的。我所不懂的是：淡化，是本来是浓的，不淡的，或应该是不淡的，硬把它化得淡了。我的作品确实是比较淡的，但它本来就是那样，并没有经过一个“化”的过程。我想了想，说我淡化，无非是说没有写重大题材，没有写性格复杂的英雄人物，没有写强烈的、富于戏剧性的矛盾冲突。但这是我的生活经历、我的文化素养、我的气质所决定的。我没有经历过太多的波澜壮阔的生活，没有见过叱咤风云的人物，你叫我怎么写？我写作，强调真实，大都有过亲身感受，我不能靠材料写作。我只能写我所熟悉的平平常常的人和事，或者如姜白石所说“世间小儿女”。我只能用平平常常的思想感情去了解他们，用平平常常的方法表现他们。这结果就是淡。但是“你不能改变我”，我就是这样，谁也不能下命令叫我照另外一种样子去写。我想照你说的那样去写，也办不到。除非把我回一次炉，重新生活一次。我已经七十岁了，回炉怕是很难。前年《三月风》杂志发表我一篇随笔，请丁聪同志画了我一幅漫画头像，编辑部要我自己题几句话。题了四句诗：

近事模糊远事真，
双眸犹幸未全昏。

衰年变法谈何易，
唱罢莲花又一春。

《绣襦记·教歌》两个叫花子唱的“莲花落”有句“一年春尽又是一年春”，我很喜欢这句唱词。七十岁了，只能一年又一年，唱几句莲花落。

《七十书怀出律不改》，“出律”指诗的第五六两句失粘，并因此影响最后两句平仄也颠倒了。我写的律诗往往有这种情况，五六两句失粘。为什么不改？因为这是我要说的主要两句话，特别是第六句，所书之怀，也仅此耳。改了，原意即不妥帖。

我是赞成作家写评论的，也爱看作家所写的评论。说实在的，我觉得评论家所写的评论实在有点让人受不了。结果是作法自毙。写评论的差事有时会落到我的头上。我认为评论家最让人受不了的，是他们总是那样自信。他们像我写的小说《鸡鸭名家》里的陆长庚一样，一眼就看出这只鸭是几斤几两，这个作家该打几分。我觉得写评论是非常冒险的事：你就能看得那样准？我没有这样的自信。人到一定岁数，就有为人写序的义务。我近年写了一些序。去年年底就写了三篇，真成了写序专家。写序也很难，主要是分寸不好掌握，深了不是，浅了不是。像周作人写序那样，不着边际，是个办法。但是，一，我没有那样大的学问；二，丝毫不涉及所序的作品，似乎有欠诚恳。因此，临笔踌躇，煞费脑筋。

好像是法朗士说过："关于莎士比亚，我所说的只是我自己。"写书评、写序，实际上是写写书评、写序的人自己。借题发挥，拿别人来"说事"，当然不太好，但是书评和序里总会流露出本人的观点，本人的文学主张。我不太希望我的观点、主张被了解，愿意和任何人保持一定的距离；但是自设屏障，拒人千里，把自己藏起来，完全不让人了解，似也不必。因此，"也写书评也作序"。

"不开风气不为师"，是从龚定庵的诗里套出来的。龚定庵的原句是"但开风气不为师"。龚定庵的诗貌似谦虚，实很狂傲。——龚定庵是谦虚的人吗？但是龚定庵是有资格说这个话的。他确实是个"开风气"的。他的带有浓烈的民主色彩的个性解放思想撼动了一代人，他的宗法公羊家的奇崛矫矢的文体对于当时和后代都有很大的影响。他的思想不成体系，不立门户，说是"不为师"倒也是对的。近四五年，有人说我是这个那个流派的始作俑者，这很出乎我的意料。我从来没有想到提倡什么，我绝无"来吾道夫先路"的气魄，我只是"悄没声地"自己写一点东西而已。有一些青年作家受了我的影响，甚至有人有意地学我，这情况我是知道的。我要诚恳地对这些青年作家说：不要这样。第一，不要"学"任何人。第二，不要学我。我希望青年作家在起步的时候写得新一点，怪一点，朦胧一点，荒诞一点，狂妄一点，不要过早地归于平淡。三四十岁就写得很淡，那，到我这样的年龄，怕就什么也没有了。这个意思，我在几篇序文中都说到，是真话。

看相的说我能活九十岁，那太长了！不过我没有严重的器质性的病，再对付十年，大概还行。我不愿当什么“离休干部”，活着，就还得做一点事。我希望再出一本散文集，一本短篇小说集，把《聊斋新义》写完，如有可能，把酝酿已久的长篇历史小说《汉武帝》写出来。这样，就差不多了。

七十书怀，如此而已。

一九九〇年二月二十四日

小说笔谈

语言

在西单听见交通安全宣传车播出："横穿马路不要低头猛跑。"我觉得这是很好的语言。在校尉营一派出所外宣传夏令卫生的墙报上看到一句话："残菜剩饭必须回锅见开再吃。"我觉得这也是很好的语言。这样的语言真是可以悬之国门，不能增减一字。

语言的目的是使人一看就明白，一听就记住。语言的唯一标准，是准确。

北京的店铺，过去都用八个字标明其特点。有的刻在匾上，有的用黑漆漆在店面两旁的粉墙上，都非常贴切。"尘飞白雪，品重红绫"，这是点心铺。"味珍鸡跖，香渍豚蹄"是桂香村。煤铺的门额上写着"乌金墨玉，石火光恒"，很美。八面槽有一家"老娘"（接生婆）的门口写的是"轻车快马，吉祥姥姥"，这是诗。

店铺的告白，往往写得非常醒目。如"照配钥匙，立等可取"。在西四看见一家，门口写着"出售新藤椅，修理旧棕床"，很好。过去的澡堂，一进门就看见四个大字：各照衣帽，真是简到不能再简。

《世说新语》全书的语言都很讲究。

同样的话，这样说，那样说，多几个字，少几个字，味道便不同。张岱记他的一个亲戚的话：“你张氏兄弟真是奇。肉只是吃，不知好吃不好吃；酒只是不吃，不知会吃不会吃。”有一个人把这几句话略改了几个字，张岱便斥之为“伧父”。

一个写小说的人得训练自己的“语感”。

要辨别得出，什么语言是无味的。

结构

戏剧的结构像建筑，小说的结构像树。

戏剧的结构是比较外在的、理智的。写戏总要有介绍人物、矛盾冲突、高潮（写戏一般都要先有提纲，并且要经过讨论），多少是强迫读者（观众）接受这些东西的。戏剧是愚弄。

小说不是这样。一棵树是不会事先想到怎样长一个枝子，一片叶子，再长的。它就是这样长出来了。然而这一个枝子，这一片叶子，这样长，又都是有道理的。从来没有两个树枝、两片树叶是长在一个空间的。

小说的结构是更内在的，更自然的。

我想用另外一个概念代替“结构”——节奏。

中国过去讲“文气”，很有道理。什么是“文气”？我以为是内在的节奏。“血脉流通”“气韵生动”，说得都很好。

小说的结构是更精细，更复杂，更无迹可求的。

苏东坡说“但常行于所当行，常止于所不可不止”，说的是结构。

章太炎《菿汉微言》论汪容甫的骈体文，“起止自在，无首尾呼应之式”。写小说者，正当如此。

小说的结构的特点，是：随便。

叙事与抒情

现在的年轻人写小说是有点爱发议论。夹叙夹议，或者离开故事单独抒情。这种议论和抒情有时是可有可无的。

法朗士专爱在小说里发议论。他的一些小说是以议论为主的，故事无关重要。他不过借一个故事多发表一通牵涉到某一方面的社会问题的大议论。但是法朗士的议论很精彩，很警辟，很深刻。法朗士是哲学家。我们不是。我们发不出很高深的议论。因此，不宜多发。

倾向性不要特别地说出。

一件事可以这样叙述，也可以那样叙述。怎样叙述，都有倾向性。可以是超然的、客观的，尖刻的、嘲讽的（比如鲁迅的《肥皂》《高老夫子》），也可以是寄予深切的同情的（比如《祝福》《伤逝》）。

董解元《西厢记》写张生和莺莺分别："马儿登程，坐车儿归舍；马儿往西行，坐车儿往东拽：两口儿一步儿离得远如一步也！"这是叙事。但这里流露出董解元对张生和莺莺的恋爱的态度，充满了感情。"一步儿离得远如一步也"，何等痛切。作者如无深情，便不能写得如此痛切。

在叙事中抒情，用抒情的笔触叙事。

怎样表现倾向性？中国的古话说得好：字里行间。

悠闲和精细

写小说就是要把一件平平淡淡的事说得很有情致（世界上哪有许多惊心动魄的事呢）。同样一件事，一个人可以说得娓娓动听，使人如同身临其境；另一个人也许说得索然无味。

《董西厢》是用韵文写的，但是你简直感觉不出是押了韵的。董解元把韵文运用得如此熟练，比用散文还要流畅自如，细致入微，神情毕肖。

写张生问店二哥蒲州有什么可以散心处，店二哥介绍了普救寺：

> 店都知，说一和，道："国家修造了数载余过，其间盖造的非小可，想天宫上光景，赛他不过。说谎后，小人图什么？普天之下，更没两座。"张生当时听说破，道："譬如闲

走，与你看去则箇。”

张生与店二哥的对话，语气神情，都非常贴切。“说谎后，小人图什么”，活脱是一个二哥的口吻。

写张生游览了普救寺，前面铺叙了许多景物，最后写：

张生觑了，失声地道：“果然好！”频频地稽首。欲待问是何年建，见梁文上明写着：“垂拱二年修”。

这真是神来之笔。“垂拱二年修”，“修”字押得非常稳。这一句把张生的思想活动、神情、动态，全写出来了——换一个写法就可能很呆板。

要把一件事说得有滋有味，得要慢慢地说，不能着急，这样才能体察人情物理，审词定气，从而提神醒脑，引人入胜。急于要告诉人一件什么事，还想告诉人这件事当中包含的道理，面红耳赤，是不会使人留下印象的。

张岱记柳敬亭说武松打虎，武松到酒店里，蓦地一声，店中的空酒坛都嗡嗡作响，说他“闲中著色，细微至此”。

唯悠闲才能精细。

不要着急。

董解元《西厢记》与其说是戏曲，不如说是小说。人民文学出版社出版的《董西厢》的《前言》里说："它的组织形式和它采取的艺术手法，为后来的戏曲、小说开阔了蹊径"，是很有见识的话。从小说的角度来看，《董西厢》的许多细致处远胜于许多话本。它的许多方法，到现在对我们还有用，看起来还很"新"。

风格和时尚

齐白石在他的一本画集的前面题了四句诗："冷艳如雪箇，来京不值钱。此翁无肝胆，空负一千年。"他后来创出了红花黑叶一派，他的画被买主——首先是那些壁悬名人字画的大饭庄，所接受了。

于非闇开始的画也是吴昌硕式的大写意的。后来张大千告诉他："现在画吴昌硕式的人这样多，你几时才能出头？"他建议于非闇改画院体的工笔画。于非闇于是改画勾勒重彩。于非闇的画也被北京的市民接受了。

扬州八怪的知音是当时的盐商。

我不以为盐商是不懂艺术的。

艺术是要卖钱的，是要被人们欣赏、接受的。

红花黑叶、勾勒重彩、扬州八怪，一时成为风尚。实际上决定一时风尚的是买主。画家的风格不能脱离欣赏者的趣味太远。

小说也是这样。就是像卡夫卡那样的作家，如果他的小说没有一个人欣赏，他的作品是不会存在的。

但是一个作家的风格总得走在时尚前面一点，他的风格才有可能转而成为时尚。

追随时尚的作家，就会为时尚所抛弃。

无意义诗

我的儿子，他现在已经三十多岁，当了父亲了，小时候曾住过新华社的“少年之家”。有一次“少年之家”开晚会，他们，一群男孩子，上台去唱歌。他们神色很庄重。指挥一声令下：“预备——齐！”他们大声唱了：

排着队，
唱着歌，
拉起大粪车！
花园里，
花儿多，
马蜂蜇了我！

老师傻了眼了：这是什么歌？

这是这帮男孩子自己创作的歌。他们都会唱，而且在“表演”

时感情充沛。我觉得歌很美，而且很使我感动。

若干年后，我仔细想想，这是孩子们对于强加于他们的过于正经的歌曲的反抗，对于廉价的抒情的嘲讽。这些孩子是伟大的喜剧诗人，他们已经学会用滑稽来撕破虚伪的严肃。

我的女儿曾到黑龙江参加军垦（她现在也已经当了母亲了）。她们那里忽然流行了一首歌。据说这首歌是从北京传过去的。后来不止是黑龙江，许多地区的“军垦战士”都唱起来了：

有一个小和尚，
泪汪汪，
整天想他的娘。
想起了他的娘，
真不该，
叫他当和尚！

他们唱这首歌唱得很激动，他们用歌声来宣泄他们的复杂的、难于言传的强烈的感情。这种感情难道我们不能体会么？

上述两首歌可以说是无意义的，但是，是有意义的。

英国曾有几个诗人专写“无意义诗”。朱自清先生曾作专文介绍。

许多无意义诗都是有意义的。我们不当于诗的表面意义上寻求其意义，而应该结合时代背景，于无意义中感受其意义。在一个不自由的时代，更当如此。在一个开始有了自由的时代，我们可以比较真切地琢磨出其中的意义了。

悔不当初

我一生最大的遗憾是没有把英文学好。

小学六年级就有英文课，但是我除了book、pen之类少数的单词外什么也没有记住。初中原来教英文的是我的一个远房舅舅，行六，是个近视眼，人称“杨六瞎子”，据说他的英文是很好的。但是我进初中时他已经在家享福，不教书了。后来的英文教员都不怎么样。初中三年级教英文的是校长耿同霖，用的课本却是《英文三民主义》——他是国民党党部的什么委员，教学的效果可想而知。因此，全校学生的英文被白白地耽误了三年。我读的高中是江阴的南菁中学。南菁中学的数、理、化和英文的程度在江苏省是很有名的。教我们英文的是吴锦棠先生。他是圣约翰大学毕业的，英文很好，能够把《英汉四用辞典》背下来。吴先生原来是西装笔挺，很洋气、很英俊的，他的夫人是个美人。夫人死后，吴先生的神经受了刺激，变得很邋遢，脑子也有点糊涂了。他上课是很有趣的。讲《李白大梦》，模仿李白的老婆在李白失踪后到处寻找李白，尖声呼叫；讲《澳洲人打袋鼠》，他会模仿袋鼠的样子，四脚朝天躺在讲桌上。高中一、二年级的英文课本是相当深的，除了兰姆的散文，还有《为什么经典是经典》这样的难懂的论文，有一课是《恺撒大帝》剧本中恺撒遇刺后安东尼在他的尸体前的演讲。除了课本以外，还要背扬州中学编的单页的《英文背诵五百篇》。如果我能把这两册课本学好，把《五百篇》背熟，我的英文会是很不错的。但是我没有做到。原因是：一，我的初中英文基础太差；二，我不用功；三，吴先生糊涂。考试时，他给上一班出的题目都忘了，给下一班出的还是那几道题。月考、大考（学期考试）都是这样。学生知道了，就把上一班的试题留下来，到时候总可以应付。而且吴先生心肠特好，学生的答卷即便文不对题，只要能背下一段来，他也给分。主要还是要怪我自己，不能怪吴先生。这样好的老师，教出了我这么个学生！——我的同班同学有不少是英文很好的。我到现在还常怀念吴先生，并且觉得有点对不起他。

一九三七年暑假后，江阴失陷，我在淮安中学、私立扬州中学、盐城临时中学辗转“借读”，简直没有读什么书。淮安中学教英文的姓过，无锡人，他教的英文实在太浅了，还不到初中一年级程度。我们已经高三了，他却从最起码的拼音教起：dèa，da；dèo，do；dèu，du！

参加大学入学考试时我的英文不知道得了几分，反正够呛。我记得很清楚，有一道题是中翻英，是一段日记：“我刷了牙，刮了脸……”我不知“刮脸”怎么翻，就翻成“把胡子弄掉”！

大一英文是连滚带爬，凑合着及格的。

大二英文，教我们那个班的是一个俄国老太太，她一句中文也不会说，我对她的英文也莫名其妙。期终考试那天，我睡过了头（我任何课上课都不记笔记，到期终借了别的同学的笔记本看，接连开了几个夜车，实在太困了），没有参加考试。因此我的大二英文是0分。

不会英文，非常吃亏。

作为一个作家，有时难免和外国人见面座谈，宴会，见面握手寒暄，说不了一句整话，只好傻坐着，显得非常愚蠢。

偶尔出国，尤其不便。我曾到美国爱荷华参加国际写作计划。几乎所有的外国作家都能说英语，我不会，离不开翻译一步。或作演讲，翻译得不大准确，也没有办法。我作过一个关于中国艺术的“留白”特点的演讲，提到中国画的构图常不很满，比如马远，有些画只占一个角，被称为“马一角”，翻译的女士翻成了“一只角的马”（美国有一种神话传说中的马，额头有一只角），我知道她翻得不对，但也没有纠正，因为我也不知道“马一角”在英语中该怎么说。有些外国作家，尤其是拉丁美洲的作家，不知道为什么对我很感兴趣，但只通过翻译，总不能直接交流感情。有一位女士眼睛很好看，我说她的眼睛像两颗黑李子，大陆去的翻译也没有办法，他不知道英语的黑李子该怎么说。后来是一位台湾诗人替我翻译了告诉她，她才非常高兴地说：“喔！谢谢你！”台湾的作家英文都不错，这一点，优于大陆作家。

最别扭的是，不能读作品的原著。外国作品，我都是通过译文看的。我所接受的西方文学的影响，其实是译文的影响。六朝高僧译经，认为翻译是“嚼饭哺人”，我吃的其实是别人嚼过的饭。我很喜欢海明威的风格，但是海明威的风格究竟是怎么回事，我真说不上来，我没有读过他的一本原著。我有时到鲁迅文学院等处讲课，也讲到海明威，但总是隔靴搔痒，说不到点子上。

再有就是对用英文翻译的自己的作品看不懂，更不用说是提意见。我有一篇小说《受戒》译成英文。这篇小说里有三副对联，我想：这怎么翻呢？后来看看译文，译者用了一个干净绝妙的主意：把对联全部删去了。我有个英文很棒的朋友，说是他是能翻的。我如果自己英文也很棒，我也可以自己翻！

我觉得不会外文（主要是英）的作家最多只能算是半个作家。这对我说起来，是一个惨痛的、无可挽回的教训。我已经七十二岁，再从头学英文，来不及了。

我诚恳地奉劝中青年作家，学好英文。

学英文，得从中学抓起。一定要选择好的英文教员。如果英文教员不好，将贻误学生一辈子。

希望教育部门一定要重视这个问题。

短篇小说的本质

——在解鞋带和刷牙的时候之四

我们必须暂时稍微与世界隔离，别老甩不开“我们是生活在怎样一个国度里”这个意识，这就是说，假定我们有一个地方，有一种空气，容许并有利于我们说这个题目。不必要在一个水滨，一个虚廊，竹韵花影；就像这儿，现在，我们有可坐的桌子凳子，有可以起来走两步的空当，有一点随便，有说或不说的自由；没有个智慧超人、得意无言的家伙，脸上不动，连狡诡的眯眼也不给一个地在哪儿听着；没有个真正的小说家，像托老头子那样的人会声势凌人地闯进来；而且我们不是在“此处不是讲话之地”的大街上高谈阔论，这也就够了。我们的话都是草稿的草稿，只提出，不论断，几乎每一句前面都应加一句：假定我们可以这样说。我们所说的大半是平时思索的结果，也可能是从未想过，临时触起，信口开河。我想这是常有的事，要说的都没有说，尽抬架了些不知从哪儿斜刺里杀出来的程咬金。有时又常话到嘴边，咽了下去；说了一半，或因思绪散断，或者觉得看来很要紧的意见原来毫不相干，全无道理，接不下去了。这都挺自然，不勉强，正要的是如此。我们是一些喜欢读，也多少读过一点，甚至想动笔，或已经试写了一阵子小说的人，可是千万别把我们的谈话弄得很职业气。我们不大中意那种玩儿票的派头，可是业余的身份是我们遭遇困难时的解脱借口。不知为不知，我们没有责任搜索枯肠，找话支吾。我们说了的不是讲义，充其量是一条一条的札记，不必弄得四平八稳，分量平均，首尾相应，具一格局。好了，我们已经很不受拘束，放心说话吧。声音大，小，平缓，带舞台动作，发点脾气，骂骂人，一切随心所欲，悉听尊便。

在这许多方便之下，我呈出我的一份。

毋庸讳言，大家心照，所有的话全是为了说的人自己而说的。唱大鼓的走上来，“学徒我今儿个伺候诸位一段大西厢”。唱到得意处，得意的仍是他自己。听唱的李大爹、王二爷也听得颇得意，他们得意的也是他们自己。我觉得李大爹、王二爷实际也会唱得极好，甚至可能比台上人更唱得好，只是他们没有唱罢了。李大爹、王二爷自小学了茶叶店、糕饼店生意，他们注定了要搞旗枪明前，上素黑芝麻，他们没有学大鼓。没有学，可是懂。他摸得到顿、拨、沉、落、回、扭、煞诸种差之毫厘失之千里的那么点个妙处。所以，李大爹、王二爷是来听他们自己唱，不，简直听他们自己整个儿的人来了。台上那段大西厢不过是他们的替身，或一部分的影子。李大爹看了一眼王二爷，头微微一点，王二爷看了一眼李大爹，头也那么一点。他们的意思是“是了！”。在这一点上，劳伦斯的“为我自己”，克罗采的传达说，我都觉得有道理。——啊，别瞪我，我只是借此而说明我现在要说的话是一个什么性质。这，也是我对小说作者与读者间的关系的一个看法。这等一下大概还会再提起。真是，所有的要说恐怕都只是可以连在一处的道白而已。

时下的许多小说实在不能令人满意!

教我们写作的一位先生几乎每年给他的学生出一个题目：一个理想的短篇小说。——我当时写了三千字，不知说了些什么东西；现在想重新交一次卷，虽然还一样不知会说些什么东西。——可见，他大概也颇觉得许多小说不顶合乎理想。所以不顶理想，是一般小说都好像有那么一个“标准”：

一般小说太像个小说了，因而不十分是一个小说。

悬定一个尺度，很难。小说的种类将不下于人格；而且照理两者的数量（假如可以计算）应当恰恰相等；鉴别小说，也如同品藻人物一样不可具说。但我们也可以像看人一样地看小说，凭全面的、综合的印象，凭直觉。我们心平气和，体贴入微地看完一篇东西，我们说：这是小说，或者不是小说。有时候，我们说的是这够或不够是一个小说。这跟前一句话全一样，够即是，不够的不是。在这一点上，小说的读者，你不必客气，你自然先假定自己是“够了”的。哎，不必客气，这个够了并不是什么了不起的事情。不够，你还看什么小说呢！

那个时候，我因为要交卷，不得不找出一个“理想”的时候，正是卞之琳先生把《亨利第三》《军旗手的爱与死》翻过来的时候，手边正好有一本，抓着就是，我们像憋了一点气，在课堂上大叫：

“一个理想的短篇小说应当是像《亨利第三》与《军旗手的爱与死》那样的！”

现在我的意思仍然如此，我愿意维持原来的那点感情，不过觉得需要加以补充。

我们看过的若干短篇小说，有些只是一个长篇小说的大纲，一个作者因为时间不够，事情忙，或者懒，有一堆材料，他大概组织分布了一下，有时甚至连组织分布都不干，马马虎虎地即照单抄出来交了货，我们只看到有几个人，在那里，做了什么事，说话了，动作了，走了，去了，死了。有时，作者觉得这太不像小说（就是这个倒霉的觉得害了他！），小说不能单是一串流水账，于是怎么样呢？描写了把那个人从头到脚的像裁缝师傅记出手下摆那么记一记，清楚是清楚了，可是我们本来心里可能有的浑然印象反教他挤掉了。我们只落得一堆零碎料子，多高的额头，多大的鼻子，长腿或短腿；外八字还是内八字脚……这些“部分”彼此不粘不靠，不起作用，不相干。还有更不相干的，是那些连篇累牍的环境渲染。有时候，我们看那段发生在秋天的黄昏的情节，并不是一定不能发生在春天的早晨。在进行演变上，落叶、溪水、夕阳、歌声、蟋蟀，当然风马牛不相及。这是七巧板那么拼出来的，是人为的，外加的，生造的，不融合的。他没有把这些东西当着是从故事中分泌出来，为故事的一个契机，一分必不可少的成分。他的文字不是他要说的那个东西本身。自然主义用在许多人手里成了一个最不自然的主义。这些人为主义而牺牲了。有些，说得周详缜密，结构紧严，力量不懈，交代干净，不浪费笔墨也不偷工减料，文字时间与故事时间合了拍，把读者引上了路，觉得舒服得很；可是也只好算长篇小说之一章，很好的一章而已。更多的小说，比较鲜明生动，我以为把它收入中篇小说，较为佳适。再有一种则是“标准的”短篇小说。标准的短篇小说不是理想的短篇小说，也不能令我们满意。

我们的谈话行将进入一个比较枯燥困难的阶段，我们怕不能摆脱习惯的演讲方式。我们尽量想避开让我们踏脚，也致我们疲惫的抽象名词，但事实上不易办到。先歇一歇力，在一块不大平滑的石头上坐一坐，给短篇小说来讲一个定义：不用麻烦拣选，反正我们掉一掉身子马上就来。中学教科书上写着，短篇小说是：

用最经济的文学手腕，描写事实中最精彩的一段或一面。

我们且暂时义务地为这两句话作一注释。或者六经注我，靠它的帮忙说话。

我们不得已而用比喻，扣槃扪烛，求其大概。吴尔芙夫人以在火车中与白朗宁太太同了一段路的几位先生的不同感情冲动譬象几种不同的写小说法，我们现在单摘取同车一事来说明小说与其人物的关系。设想一位作者，我们称他为 × 先生，在某处与白朗宁太太一齐上了车，火车是小说，车门一关，汽笛拉动，车开了，小说起了头。× 先生有墨水两瓶，钢笔尖两盒，一箱子纸，四磅烟草，白朗宁太太有的是全部生活。

× 先生收心放志，集中精神，松开领子，咬起大烟斗，白朗宁太太开始现身说法，开始表演。我们设想火车轨道经行之地是白朗宁太太的生活，这一列车随处可停，可左可右，可进可退，给 × 先生以诸方便，他可以得到他所需要的白朗宁太太生活中任何场景节目。白朗宁太太生来有个责任，即被写在小说里，她不厌烦，不掩饰省略，妥妥实实回答 × 先生一切问话。好了，除去吃饭睡觉等不可不要的动作之外，白朗宁太太一生尽在此中，× 先生也颇累了，他们点点头，下车，分别。小说完成！

先生，你觉得这是可能的吗？

有人说，历史这个东西就是历史而已，既不是科学，也算不得是艺术。我们埋葬了一部分小说，也很可以在它们的墓碑上刻这样两句话。而且，历史究竟还是历史，若干小说常不是科学，不是艺术，也不成其为小说。

长篇小说的本质，也是它的守护神，是因果。但我们很少看到一本长篇小说从千百种可能之中挑选出一个，一个一个连编起来，这其间有什么是必然，有决定性的。人的一生是散漫的，不很连贯，充满偶然，千头万绪，兔起鹘落，从来没有一个人每一秒钟相当于小说的一段，一句，一字，一标点，或一空格，而长篇小说首先得悍然不顾这个情形。结构，这是一个长篇最紧要的部分，而且简直是小说的全部，但那根本是个不合理的东西。我们知道，一个小说不是天成的，是编排连缀出来的，我所怀疑的是，一个作者的精神是否能够照顾得过来，特别是他的记忆力是不是能够写到第十五章时还清清楚楚对他在第三章中所说的话的分量和速度有个印象？整本小说是否一气呵成，天衣无缝，增一分则太长，减一分则太短，不能倒置，翻覆，简直是那样便是那样，毫无商量余地了？

从来也没有一个音乐家想写一个连续演奏十小时以上的乐章吧（读《战争与和平》一遍需要多少时候？），而我们的小说家，想做不可能的事。看他们把一厚册一厚册的原稿销毁，一次一次地重写，我们寒心那是多苦的事。有几个人，他们是一种英雄式的人，自人中走出，与大家不同，他们不是为生活而写，简直活着就为的是写他的小说，他全部时间入于海，海是小说，居然做到离理想不远了。第一个忘不了的是狠辣的陀思妥耶夫斯基。他像是一咬牙就没有松开过。可是，我们承认他的小说是一种很伟大的东西，却不一定是亲切的东西。什么样的人是陀思妥耶夫斯基的合适读者?

应是科学家。

我宁愿通过工具的艰难，放下又拿起，翻到后面又倒回前头，随便挑一节，抄两句，不求甚解，自以为是，什么时候，悠然见南山，飞鸟相与还，以我之所有向他所描画的对照对照那么读一遍《尤利西斯》去。

小说与人生之间不能描画一个等号。于是，有中篇小说。

如果读长篇小说的时间是阴冷的冬夜，那么中篇小说是宜于在秋天下午。一本中篇正好陪我们过五六点钟，连阅读带整个人受影响作用，引起潜移默化所需的时间。

一个长篇的作者，自己在他的小说中生活过一遭，他命使读者的，便是绝对的入乎其内。一个长篇常常长到跟人生一样长（这跟我们前面一段有些话并不相冲突），可以说是另外一个人生，尽可以跟我们这一个完全一样，但□□是另外一个（不是一段，一面）。我们必须放开我们自己的恩怨憎喜，宗教饮食，被拉了上去，关上门，靠窗坐定，随那节车子带我们到哪里去旅行。作者做向导，山山水水他都熟习，而假定我们一无所知。我们只有也必须死心塌地地做个素人。我们应当视而不见，听而不闻，食而不知其味；应当醉于书中的酒，字里的香，我们说：哦，这是玫瑰，多美，这是山，好大呀！好像我们从来没有见过一座山，不知道玫瑰是什么东西。——可是，一般人不是那么容易死于生活，活于书本，不会一直入彀。有比较体贴、近人情、会说话的可爱的人就为了我们而写另外一种性质的书，叫作中篇小说。（Once upon a time）他自自然然地谈起来了。他跟我们抵掌促膝，不高不可攀，耳提指图，他说得流利，委婉，不疾不徐，轻重得当，不口吃，不上气不接下气，他用志不纷，胸有成竹。他才说了十多分钟，我们已经觉得：他说得真好。我们入神了，颔首了，暖然似春，凄然似秋了，毫不反抗地给出他向我们要的感动。有话则长，无话则短，他知道他是在说一个故事。花开两朵，各表一枝，分即全，一切一切，他不弄得过分麻烦冗重。有时，他插一点闲话，聊点儿别的；他更带着一堆画片，一张一张拍得光线强弱、距离远近都对了的照相，他一边说故事，一边指点我们看。这些纪念品不一定是绘摄的大场面，有时也许一片阳光，一堆倒影，破风上一角残蚀的浮雕，唱歌的树，嘴上生花的人……我们也明知他提起这话目的何在，但他对于那些小玩意确具真情，有眼光，而且趣味与我们相投，但听他说说这些即颇过瘾了。我们最中意的是他要我们跟他合作。也空出许多地方，留出足够的时间，让读者自己说。他不一个劲儿讲演，他也听。来一杯咖啡吗，我们的中篇小说家？

如果长篇小说的作者与读者的地位是前后，中篇是对面，则短篇小说的作者是请他的读者并排着起坐行走的。

常听到短篇小说的作者劝他的熟人：“你也写嘛，我相信你可以写得很好。没有什么了不起的，花一点时间，多试验几种方法，不怕费事，找到你觉得那么着写合适的形式，你就写，不会不成功的。凭你那个脑子，那点了解人事的深度，生活的广度，对于文字的精敏感觉，还有那一份真挚深沉的爱，你早就该着笔了。”短篇小说家从来就把我们当着跟他一样的人，跟他生活在同一世界之中，对于他所写的那回事的前前后后也知道得一样仔细真切。我们与他之间只是为不为，没有能不能的差异。短篇小说的作者是假设他的读者都是短篇小说家的。

唯其如此，他才能挑出事实中最精彩的一段或一面，来描写。

也许有人天生是个短篇小说家，他只要动笔，得来全不费工夫，他一小从老祖母，从疯瘫的师爷，从鸦片铺上、茶馆里、码头旁边，耳濡目染，不知不觉之中领会了许多方法；他的窗口开得好，一片又一片的材料本身剪裁得好好的在那儿，他略一凝眸，翩翩已得；交出去，印出来，大家传诵了，街谈巷议，“这才真是我们所需要的，从头到尾，每一个字是短篇小说！”而我们的作者倚在他的窗口悠然下看：这些人扰攘些什么，什么事大惊小怪的？风吹得他身轻神爽，也许他想到一条河边走走，听听修桥工人唱那种忧郁而雄浑的歌曲；而在他转身想带着他的烟盒子时，窗下一个读者议论他的小说，激动的高叹声吸引了他，他看了一眼，想：什么叫小说吗？问我，我可不知道，你那个瘦瓜瓜的后脑，微高的左肩，正是我需要的，我要把你写下来，你就是小说，傻小子，你为什么不问问你自己？他不出去了。坐下，抽上两支烟，到天黑肚饥时一篇小说也已经写了五分之四，好了，晚饭一吃，一天过去；他的新小说也完成了，但大多数的小说作者都得经过一个比较长时期的试验。他明白，他必须“找到了自己的方法”，必须用他自己的方法来写，他才站得住，他得在浩如烟海的文学作品之中，在也一样浩如烟海的短篇小说之中，为他自己的篇什觅得一个位置。天知道那是多么荒时废日的事情！

世上尽有从来不看小说的诗人，但一个写短篇小说的人能全然不管此前与当代的诗歌吗？一个小说家即使不是彻头彻尾的诗人，至少也是半仙之分，部分的诗人。也许他有时会懊悔他当初为什么不一直推敲韵脚，部署抑扬，飞上枝头变凤凰，什么一念教他拣定现在卑微的工作的。他羡慕戏剧家的规矩，也向往散文作者的自在，甚至跟他相去不远的长篇、中篇小说家，他也嫉妒。威严，对于威严的敬重；优美的风度，对于优美风度的友爱——他全不能有，得不着。短篇小说的作者所希望的是给他的劳绩一个说得过去的地位。他希望报纸的排字工人不要把他的东西拆得东一块西一块的，不要随便给它分栏，加什么花边，不要当中挖了一方嵌一个与它毫不相干的木刻漫画，不要在一行的头上来一个吓人的惊叹号，不要在他的文章下面补两句嘉言语录、名人轶事，还有错字不太多，字体稍为清楚一点……对于一个杂志的编辑，他很想求求他一个稍为公平一点的篇幅，他希望天地头留着大些，前头能空出两页不印最好。……他不是难伺候，闹脾气，他是为了他的文章命运而争。他以为他的小说的形式即是他要表达的那个东西本身，不能随便玷辱它，而且一个短篇没有写出的比写出来的要多得多，需要足够的空间，好让读者自己从从容容来抒写。对于较长篇幅的文章，一般读者有读它的心理准备，他心甘情愿地让出时间，留下闲豫，来接受一些东西。只要披沙拣金，往往见宝，即为足矣。他们深切地感到那份力量，领得那种智巧。而他们读短篇小说则都是誓翦灭此而后朝食，你不难想象一个读者如何恶狠狠地抓过一篇短篇小说，一边嚼着他的火腿面包，一边狼吞虎咽地看下去，忽然拍案而起，“混蛋，这是什么平淡无奇的东西！”他骂的是他的咖啡，但小说遭了殃，他叭的一下扔了，挤起左眼看了那个可怜的题目，又来了一句“什么东西！”。好了，他要是看进去两句那就怪。一个短篇小说作者简直非把它弄得灿若舒锦，无处不佳不可！小说作者可又还不能像一个高大强壮的猪眼厨师傅，两手撑在腰上大吼：“就是这样，爱吃不吃！”即使真的从头到尾都是心血，你从哪里得到青眼？

这位残暴的午茶餐客如果也想，他想的是：这是什么玩意，谁写不出来，我也……真的，他还不屑于写这种东西！我们原说过，只要他肯，他未始不可以写短篇小说。我们不能怪他，第一，他生活太忙，太乱，而且受到许多像那位猪眼大师傅的气，他想借小说来忘去他的生活，或者真的生活一下，短篇似乎不能满足他；第二，他相当有文学修养，他看过许多诗、戏剧、散文，他还更看过那么多那么多的小说，再不要看这一篇。一个短篇小说作家，你该怎么办?

短篇小说能够一脉相承地存在下来，应当归功于代有所出的人才，不断给它新的素质，不断变易其面目，推广、加深它。日光之下无新事，就看你如何以故为新，如何看，如何捞网捕捉，如何留住过眼烟云，如何有心中的佛、花上的天堂。文学革命初期以“创作”称短篇小说，是的，你要创作。你不应抄袭别人，要叫你有你的，有不同于别人的；且不能抄袭自己，你不能叫这一篇是那一篇的副本，得每一篇是每一篇的样子，每一篇小说有它应当有的形式、风格。简直的，你不能写出任何一个世界上已经有的句子。你得突破，超出，稍偏颇于那个“标准”。这是老话，但须要我们不断地用各种声音提起。

我们宁可一个短篇小说像诗，像散文，像戏，什么也不像也行，可是不愿意它太像个小说，那只有注定它的死灭。我们那种旧小说，那种标准的短篇小说，必然将是个历史上的东西。许多本来可以写的在小说里的东西，老早老早就有另外方式代替了去。比如电影，简直老小说中的大部分，而且是最要紧的部分，它全能代劳，而且更准确，有声有形，证诸耳目，直接得多。念小说已成了一个过时的娱乐，一种古怪固执的癖好了。此世纪中的诗、戏，甚至散文，都已显然与前一世纪异趣，而我们的小说仍是十八世纪的方法，真不可解。一切全因制度的变而变了，小说动得那么懒，什么道理。

我们耳熟了“现代音乐”“现代绘画”“现代塑刻”“现代建筑”“现代服装”“现代烹调术”，可是“现代小说”在我们这儿远是个不太流行的名词。唉！“小说的保守性”，是个值得一作的毕业论文题目；本来小说这东西一向是跟在后面老成持重地走的。但走得如此之慢，特别是在东方一个又很大又很小的国度中简直一步也不动，是颇可诧异的现象。多打开几面窗子吧，这里的空气实在该换一换，闷得受不了了。

多打开几面窗子吧！只要是吹的，不管是什么风。

也好，没有人重视短篇小说，因此它也从来没有一个严格的划界，我们可以从别的部门搬两块石头来垫一垫基脚。要紧的是，要它改一改样子再说。从戏剧里，尤其是新一点的戏里，我们可以得到一点活泼、尖深、顽皮、作态（一切在真与纯之上的相反相成的东西）。萧伯纳、皮兰德娄从小说中偷去的，我们得讨一点回来。至于戏的原有长处，节奏清显、擒纵利落、起伏明灭、了然在心，则许多小说中早已暗暗地放进去了。小说之离不开诗，更是昭然若揭的。一个小说家才真是个谪仙人，他一念红尘，堕落人间，他不断体验由泥淖至青云之间的挣扎，深知人在凡庸、卑微、罪恶之中不死去者，端因还承认有个天上，相信“有许多更好的东西”不是一句谎话，人所要的，是诗。一个真正的小说家的气质也是一个诗人。就这两方面说，《亨利第三》与《军旗手的爱与死》，是一个理想的型范。我不觉得我的话有什么夸张之处。那两篇东西所缺少的，也许是一点散文的美，散文的广度，一点“大块噫气其名为风”的那种遇到什么都抚摸一下，随时会流连片刻，参差荇菜，左右缭之，喜欢到亭边小道上张张望望的，不衫不履，落帽风前，振衣高冈的气派，缺少点开头我要求的一点随意说话的自然。

泰戈尔告诉罗曼·罗兰他要学画了，他觉得有些东西文字表达不出来，只有颜色线条胜任；勃罗斯忒在他的书里忽然来了一段五线谱，任何一个写作的人必都同情，不是同情，是赞同他们。我们设想将来有一种新艺术，能够包容一切，但不复是一切本来的形象，又与电影全然不同的，那东西的名字是短篇小说。这不知什么时候才办得到，也许永远办不到。至少我们希望短篇小说能够吸收诗、戏剧、散文的一切长处，而仍旧是一个它应当是的东西，一个短篇小说。

我们前面既说过一个短篇小说的作者假定他的读者都是短篇小说家，假定读者对于他所依附而写的那回事情的前前后后清楚得跟他自己一样，假定读者跟他平肩并排，所以“事”的本身在短篇小说中的地位将越来越不重要。一个画家在一个乡下人面前画一棵树，他告诉他“我画的是那棵树”。乡下人一面奇怪树已经直端端生在那儿了，画它干什么，一面看了又看，觉得这位先生实在不大会画，画得简直不像。一会儿，画家来了个朋友，也是一个画家。画家之一画，画家之二看，两人一句话不说。也许有时他们互相看一眼，微微一点头，犹如李大爹、王二爷听大鼓，眼睛里一句话："是了！"问画家到底画的什么，他该回答的是"我画那个画"。真正的小说家也是，不是为写那件事，他只是写小说。——我们已经听到好多声音，"不懂，不懂！"其实他懂的，他装着不懂。毕加索给我们举了一个例。他用同一"对象"画了三张画：第一张人像个人，狗像条狗；第二张不顶像了，不过还大体认得出来；第三张，简直不知道是什么东西了。人应当最能够从第三张得到"快乐"，不过常识每每把人谋害在第一张之前。小说也许不该像第三张，但至少该往第二张上走一走吧？很久以前，有人提出"纯诗"的理想，纪德说过他要写"纯小说"；虽未能至，心向往之。我们希望短篇小说能向"纯"的方向作去，虽然这里所说的"纯"与纪德所提出的好像不一样。严格说来，短篇小说者，是在一定时间、一定空间之内，利用一定工具制作出来的一种比较轻巧的艺术，一个短篇小说家是一种语言的艺术家。——我看出有人颇不耐烦了，他心里泛起了一阵酸，许多过了时的标准口号在他耳根雷鸣，他随便抓得一块砖头，"唯美主义"，要往我脑袋上砸。

听我告诉你一个秘密，我有个朋友，是个航空员，他凭一股热气，放下一切，去学开飞机，百战归来，同班毕业的已经所剩无几了；我问他：你在天上是否不断地想起民族的仇恨？他非常严肃地说："当你从事某一工作时，不可想一切无关的事。我的手在驾驶盘上，我只想如何把得它稳当，准确。我只集中精神于转弯，抬起，俯降。我的眼睛看着前头云雾山头。我不能分心于外物，否则一定出毛病。——有一回C的信上说了我几句话，教我放不下来，我一翅飞到芷江上空，差点儿没跟她那几句一齐摔下去！"小说家在安排他的小说时，他也不能想得太多，他得沉酣于他的工作。他只知道如何能不颠不簸，不滞不滑，求其所安，不摔下来跌死了。一个小说家有什么样的责任，这是另外一个题目，有机会不妨讨论讨论。今天到此为止，我们再总结一句：一个短篇小说，是一种思索方式，一种情感形态，是人类智慧的一种模样。

或者：一个短篇小说是一个短篇小说，不多，也不少。

三十六年五月六日晨四时脱稿

自落笔至完工计费约二十一小时，前后五夜

在上海市中心区之听水斋

老年的爱憎

大约三十年前，我在张家口一家澡堂洗澡，翻翻留言簿，发现有叶圣陶给一个姓王的老搓背工题的几句话，说老王服务得很周到，并说："与之交谈，亦甚通达。""通达"用在一个老搓背工的身上，我觉得很有意思，这比一般的表扬信有意思得多。从这句话里亦可想见叶老之为人。因此至今不忘。

"通达"是对世事看得很清楚，很透彻，不太容易着急生气发牢骚。

但"通达"往往和冷漠相混。鲁迅是反对这种通达的。《祝福》里鲁迅的本家叔叔堂上的对联的下联写的便是"事理通达心气和平"，鲁迅是对这位讲理学的老爷存讽刺之意的。

通达又常和恬淡、悠闲联系在一起。

这几年不知道怎么提倡起悠闲小品来，出版社争着出周作人、林语堂、梁实秋的书，这说明什么问题呢？

周作人早年的文章并不是那样悠闲的，他是个人道主义者，思想是相当激进的。直到《五十自寿》"请到寒斋吃苦茶"的时候，鲁迅还说他是有感慨的。后来才真的闲得无聊了。我以为林语堂、梁实秋的文章和周作人早期的散文是不能相比的。

提倡悠闲文学有一定的背景，大概是因为大家生活得太紧张，需要休息，前些年的文章政治性又太强，过于严肃，需要轻松轻松。但我以为一窝蜂似的出悠闲小品，不是什么好事。

可是偏偏有人（而且不少人）把我的作品算在悠闲文学一类里，而且把我算作悠闲文学的一个代表人物。

我是写过一些谈风俗、记食物、写草木虫鱼的文章，说是“悠闲”，并不冤枉。但我也写过一些并不悠闲的作品。我写的《陈小手》，是很沉痛的。《城隍·土地·灶王爷》，也不是全无感慨。只是表面看来，写得比较平静，不那么激昂慷慨罢了。

我不是不食人间烟火、不动感情的人。我不喜欢那种口不臧否人物，绝不议论朝政，无爱无憎，无是无非，胆小怕事，除了猪肉白菜的价钱什么也不关心的离退休干部。这种人有的是。

中国人有一种哲学，叫作“忍”。我小时候听过“百忍堂”张家的故事，就非常讨厌。现在，一些名胜古迹卖碑帖的文物商店卖的书法拓本最多的一是郑板桥的“难得糊涂”，二是一个大字——“忍”。这是一种非常庸俗的人生哲学。

周作人很欣赏杜牧的一句诗——“忍过事堪喜”，我以为这不像杜牧说的话。杜牧是凡事都忍么？请看《阿房宫赋》：“使天下之人，不敢言而敢怒。”

一九九三年十一月三日

辑四

不为物诱

雁不栖树

苏东坡《卜算子》：

> 缺月挂疏桐，漏断人初静。谁见幽人独往来，缥缈孤鸿影。
> 惊起却回头，有恨无人省。拣尽寒枝不肯栖，寂寞沙洲冷。

苕溪渔隐曰：“‘拣尽寒枝不肯栖’之句，或云：鸿雁未尝栖宿树枝，惟在田野苇丛间，此亦语病也。”雁不落在树上，只在田野苇丛间，这是常识，苏东坡会不知道吗？他是知道的。他的诗《高邮陈直躬处士画雁》一开头说：“野雁见人时，未起意先改。君从何处看？得此无人态。”虽未说出雁在何处，但给人的感觉是在沙滩上。下面就说得很清楚了：“北风振枯苇，微雪落璀璀。惨淡云水昏，晶莹沙砾碎。”然而，苏东坡怎么会搞出这样的语病来呢？

这首词的副题作“黄州定慧院寓居作”。“缺月挂疏桐，漏断人初静”，是庭院中的即景。这只孤雁怎会在缺月疏桐之间飞来飞去呢？或者说：雁想落在疏桐的寒枝上，但又觉得不是地方，想回到沙洲，沙洲又寂寞而冷，于是很彷徨。不过这样解词未免穿凿。一首看来没有问题、很好懂的词竟成了谜语，这是我初读此词时所未想到的。

《能改斋漫录》卷十六：“东坡先生谪居黄州，作卜算子云云，其属意盖为王氏女子也，读者不能解。”这里似乎还有个浪漫故事。是怎么回事，猜不出。《漫录》又云：“张右史文潜继贬黄州，访潘邠老，闻得其详，题诗以志之。”读张文潜的题诗，更觉得莫名其妙。

雁为什么不能栖在树上？因为雁的脚趾是不能弯曲的，抓不住树枝。雁、鹅、鸭都是这样。不能“赶着鸭子上架”，因为鸭脚在架上待不住。鸟类的脚趾有一些是不能弯曲的。画眉可以待在“栖棍”上，百灵就不能，只能在沙底上跳来跳去，“哨”的时候也只能立在“台”上。

辛未年正月初四

哲人其萎

——悼端木蕻良同志

端木蕻良真是一位才子。二十来岁，就写出了《科尔沁旗草原》。稿子寄到上海，因为气魄苍莽，风格清新，深为王统照、郑振铎诸先生所激赏，当时就认为这是一部划时代的大小说，应该尽快发表、出版。原著署名“端木红粮”，王统照说“红粮”这个名字不好，亲笔改为“端木蕻良”。从此，端木发表作品就用了这个名字。他后在上海等地发表了一些短篇小说，其中《鸶鹭湖的忧郁》最受注意。这篇小说发散着东北黑土的浓郁的芳香，我觉得可以和梭罗古柏比美。端木后将短篇小说结集，即以此篇为书名。

端木多才多艺。他从上海转到四川，曾写过一些歌词，影响最大的是由张定和谱曲的《嘉陵江上》。这首歌不像“我的家在东北松花江上”那样过于哀伤，也不像“大刀向鬼子们的头上砍去”那样直白，而是婉转深挚，有一种“端木蕻良式”的忧郁，又不失“我必须回去”的信念，因此在大后方的流亡青年中传唱甚广。他和马思聪好像合作写过一首大合唱，我于音乐较为隔膜，记不真切了。他善写旧体诗，由重庆到桂林后常与柳亚子、陈迩冬等人唱和。他的旧诗间有拗句，但俊逸潇洒，每出专业诗人之上。他和萧红到香港后，曾两个人合编了一种文学杂志，那上面发表了一些端木的旧体诗。我只记得一句：

落花无语对萧红

我觉得这颇似李商隐，在可解不可解之间。端木的字很清秀，宗法二王。他的文稿都很干净。端木写过戏曲剧本。他写戏曲唱词，是要唱着写的。唱的不是京剧，却是桂剧。端木能画。和萧红在香港合编的杂志中有的小说插图即是端木手笔。不知以何缘由，他和王梦白有很深的交情。我见过他一篇写王梦白的文章，似传记性的散文，又有小说味道，是一篇好文章！王梦白在北京的画家中是最为萧疏淡雅的，结构重留白，用笔如流水行云，可惜死得太早了。一个人能对王梦白情有独钟，此人的艺术欣赏品位可知矣！

端木到北京市文联后，没有得到应有的重视，不知是什么原因。他被任为创研部主任，这是一个闲职。以端木的名声、资历，只在一个市级文联当一个创研部主任，未免委屈了他。然而端木无所谓。

关于端木的为人，有些议论。不外是两个字，一是冷，二是傲。端木交友不广，没有多少人来探望他，他也很少到显赫的高门大宅人家走动，既不拉帮结伙，也无酒食征逐，随时可以看到他在单身宿舍里伏案临帖——他写“玉版十三行洛神赋”；看书；哼桂剧。他对同人疾苦并非无动于衷，只是不善于逢年过节“代表组织”到各家循例作礼节性的关怀。这种“关怀”也实在没有多大意思。至于“傲”，那是有的。他曾在武汉待过一些时日。武汉文化人不多，而门户之见颇深，他也不愿自竖大旗希望别人奉为宗师。他和王采比较接近。王采告诉我，端木写过一首诗，有句云：

赖有天南春一树，不负长江长大潮……

这可真是狂得可以！然而端木不慕荣利，无求于人，“帝力于我何有哉”，酒店偶露轻狂，有何不可，何必“世人皆欲杀”！

真知道端木的“实力”的，是老舍。老舍先生当时是市文联主席，见端木总是客客气气的（不像一些从解放区来的中青年作家不知道端木这位马王爷有“三只眼”）。老舍先生在一次大家检查思想的生活会上说：“我在市文联只‘怕’两个人，一个是端木，一个是汪曾祺。端木书读得比我多，学问比我大。今天听了他们的发言，我放心了。”老舍先生说话有时是非常坦率的。

端木晚年主要力量放在写《曹雪芹》上。有人说端木这一着是失算。因为材料很少，近乎是无米之炊。我于此稍有不同看法。一是作为小说的背景材料是不少的。端木对北京的礼俗、节令、吃食、赛会搜集了很多，编组织绘，使这大部头小说充满历史生活色彩，人物的活动便有了广宽天地，此亦曹雪芹写《红楼梦》之一法。有些对人物的设计，诚然虚构的成分过大。如小说开头写曹雪芹小时候是当女孩子养活的。有评论家云：“这个端木蕻良真是异想天开！说曹雪芹打扮成丫头，有何根据？！”没有根据！然而何必要有根据？这是小说，是充满浪漫主义色彩的小说，不是传记，不是言必有据的纪实文学。是想象，不是考证。我觉得治“红学”的专家缺少的正是想象。没有想象，是书呆子。

端木的身体一直不好。我认识他时他就直不起腰来，天还不怎么冷就穿起貉绒的皮裤，他能“对付”到八十五岁，而且一直还不放笔，写出不少东西，真是不容易。只是我还是有些惋惜，如果他能再“对付”几年，把《曹雪芹》写完，甚至写出《科尔沁旗草原》第二部，那多好！

一九九六年十一月二十八日

一辈古人

靳德斋

天王寺是高邮八大寺之一。这寺里藏过一幅吴道子画的观音。这是可信的。清李必恒还曾赋长诗题咏，看诗意，此人是见过这幅画的。天王寺始建于宋淳熙年，明代为倭寇焚毁（我的家乡还闹过倭寇，以前我不知道），清初重建。这幅画想是宋代传下来的。据说，有一个当地方官的要去看看，从此即不知下落，这不知是什么年间的事。反正，这幅画后来没有了。

天王寺在臭河边。“臭河边”是地名，自北市口至越塘一带属于“后街”的地方都叫臭河边。有一条河，却不叫“臭河”，我到现在还没有考查出来应该叫什么河，这一带的居民则简单地称之曰“河”。天王寺濒河，山门（寺庙的山门都是朝南的）外即是河水。寺的殿宇高大，佛像也高大，但是多年没有修饰，显得暗旧。寺里僧人颇多，我们家凡做佛事，都是到天王寺去请和尚。但是寺里香火不盛，很幽静。我父亲曾于月夜到天王寺找和尚闲谈，在大殿前石坪上看到一条鸡冠蛇，他三步蹿上台阶，才没被咬着。鸡冠蛇即眼镜蛇，有剧毒。蛇不能上台阶，父亲才能逃脱，未被追上。寺庙中有蛇，本是常事，但也说明人迹稀少矣。

天王寺常常驻兵。我的小说《陈小手》里写的“天王庙”，即天王寺。驻在寺里的兵一般都很守规矩，并不骚扰百姓。我曾见一个兵半躺在探到水面上的歪脖柳树上吹箫，这是一个很独特的画境。

我是三天两头要到天王寺的。从我读的小学放学回家，倘不走正街（东大街），走后街，天王寺是必经的。我去看“烧房子”。我们那里有这样的风俗，给死去亲人烧房子。房子是到纸扎店定制的，当然要比真房子小，但人可以走进去。有厅，有室，有花园，花园里有花，厅堂里有桌有椅，有自鸣钟，有水烟袋。烧房子在天王寺的旁门（天王寺有个旁门，朝西）边的空地上。和尚敲动法器，念一通经，然后由亲属举火烧掉（房子下面都铺了稻草，一点就着）。或者什么也没得看，就从旁门进去，“随喜”一番，看看佛像，在大的青石上躺一躺。大殿里凉飕飕的，夏天，躺在青石上，熏人。

天王寺附近住过一个传奇性的人物，叫靳德斋。这人是个练武的。江湖上流传两句话：“打遍天下无敌手，谨防高邮靳德斋。”说是，有一个外地练武的，不服，远道来找靳德斋较量。靳德斋不在家，邻居说他打酱油醋去了。这人就在竺家巷（出竺家巷不远即是天王寺，我的继母和异母弟妹现在还住在竺家巷）一家茶馆里等他。有人指给他：这就是靳德斋。这人一看，靳德斋一手端着满满一碗酱油，一手端着满满一碗醋，快走如飞，但是碗里的酱油、醋纹丝不动。这人当时就离开高邮，搭船走了。

靳德斋练的这叫什么功？两手各持酱油醋碗，行走如飞，酱油醋不动，这可能吗？不过，用这种办法来表现一个武师的功夫，却是很别致的，这比挥刀舞剑，口中“嗨嗨”地乱喊，更富于想象。

我小时走过天王寺，看看那一带的民居，总想：哪一处是靳德斋住过的呢？

后于靳德斋，也在天王寺附近住过的，有韩小辫。这人是教过我祖父的拳术的。清代的读书人，除了读圣贤书之外，大都还要学两样东西，一是学佛，一是学武，这是一时风气。据我父亲说，祖父年轻时腿脚是很有功夫的。他有一次下乡“看青”（看青即看作物的长势），夜间遇到一个粪坑。我们那里乡下的粪坑，多在路侧，坑满，与地平，上结薄壳，夜间不辨其为坑为地。他左脚踏上，知是粪坑，右脚使劲一跃，即越过粪坑。想一想，于瞬息之间转换身体的重心，尽力一跃，倘无功夫，是不行的。祖父是得到韩小辫的一点传授的。韩小辫一家都是练功的。他的夫人能把一张板凳放倒，板凳的两条腿着地，两条腿翘着，她站在翘起的板凳脚上，作骑马蹲裆势，以一块方石置于膝上，用毛笔大书“天下太平”四字，然后推石一跃而下。这是很不容易的，何况她是小脚。夫人如此，韩小辫功夫可知。这是我父亲告诉我的，不知是他亲见，还是得诸传闻。我父亲年轻时学过武艺，想不妄语。

张仲陶

《故乡的食物》有一段：

> 我父亲有一个很怪的朋友，叫张仲陶。他很有学问，曾教我读过《项羽本纪》。他薄有田产，不治生业，整天在家研究易经，算卦。他算卦用蓍草。全城只有他一个人用蓍草算卦。据说他有几卦算得极灵。有一家丢了一只金戒指，怀疑是女用人偷了。这女用人蒙了冤枉，来求张先生算一卦。张先生算了，说戒指没有丢，在你们家炒米坛盖子上。一找，果然。我小时就不大相信，算卦怎么能算得这样准，怎么能算得出在炒米坛盖子上呢？不过他们这一卦说明了一件事，即我们那里炒米坛子是几乎家家都有的。

《故乡的食物》这几段主要是记炒米的，只是连带涉及张先生。我对张先生所知道也大概只是这一些。但可补充一点材料。

我从张先生读《项羽本纪》，似在我小学毕业那年的暑假，算起来大概是虚岁十二岁即实足年龄十岁半的时候。我是怎么从张先生读这篇文章的呢？大概是我父亲在和朋友“吃早茶”（在茶馆里喝茶，吃干丝、点心）的时候，听见张先生谈到《史记》如何如何好，《项羽本纪》写得怎样怎样生动，忽然灵机一动，就把我领到张先生家去了。我们县里那时睥睨一世的名士，除经书外，读集部书的较多，读子史者少。张先生耽于读史，是少有的。他教我的时候，我的面前放一本《史记》，他面前也有一本，但他并不怎么看，只是微闭着眼睛，朗朗地背诵一段，给我讲一段。很奇怪，除了一篇《项羽本纪》，我以后再也没有跟张先生学过什么。他大概早就不记得曾经有一个叫汪曾祺的学生了。张先生如果活着，大概有一百岁了，我都七十一了嘛！他不会活到这时候的。

张先生原来身体就不好，很瘦，黑黑的，背微驼，除了朗读《史记》时外，他的语声是低哑的。

他的夫人是一个微胖的强壮的妇人，看起来很能干，张家的那点薄薄的田产，都是由她经管的。张仲陶诸事不问，而且还抽一点鸦片烟，其受夫人辖制，是很自然的。一个十多岁的孩子也感觉得出来，张先生有些惧内。

张先生请我父亲刻过一块图章。这块图章很好，鱼脑冻，只是很小，高约四分，长方形。我父亲给他刻了两个字，阳文：中匋。刻得很好。这两个字很好安排。他后来还请我父亲刻了两方寿山石的图章，一刻阳文，一刻阴文，文曰“珠湖野人”“天涯浪迹”。原来有人撺掇他出去闯闯，以卜卦为生，图章是准备印在卦象释解上的。事情未果，他并未出门浪迹，还是在家里糗（qiǔ）着。

最近几年，易经忽然在全世界走俏，研究的人日多，角度多不相同，有从哲学角度的，有从史学角度的，有从社会学角度的，有从数学角度的。我于易经一无所知，但我觉得这主要还是一部占卜之书。我对张仲陶算的“戒指在炒米坛盖子上”那一卦表示怀疑，是觉得这是迷信。现在想想，也许他是有道理的。如果他把一生精研易学的心得写出来，包括他的那些卦例，会是一本很有意思的书。但是，写书，张仲陶大概想也没有想过。小说《岁寒三友》中季匋民在看了靳彝甫的祖父、父亲的画稿后，拍着画案说：“吾乡固多才俊之士，而皆困居于蓬牖之中，声名不出于里巷，悲哉！悲哉！”张仲陶不也是这样的人吗？

我和民间文学

前年在兰州听一位青年诗人告诉我，他有一次去参加花儿会，和婆媳二人同坐在一条船上。这婆媳二人一路交谈，她们说的话没有一句不是押韵的！这媳妇走进一个奶奶庙去求子。她跪下来祷告。那祷告词是：

今年来了，我是跟您要着哩，
明年来了，我是手里抱着哩，
咯咯嘎嘎地笑着哩！

这使得青年诗人大为惊奇了。我听了，也大为惊奇。这样的祷词是我听到过的最美的祷词。群众的创造才能真是不可想象！生活中的语言精美如此，这就难怪西北几省的“花儿”押韵押得那样巧妙了。去年在湖南桑植听（看）了一些民歌。有一首土家族情歌：

姐的帕子白又白，
你给小郎分一截。
小郎拿到走夜路，
如同天上娥眉月。

我认为这是我看到的一本民歌集的压卷之作。不知道为什么，我立刻想起王昌龄的《长信秋词》：“玉颜不及寒鸦色，犹带昭阳日影来。”二者所写的感情完全不同，但是设想的奇特有其相通处。帕子和月光，妙在似与不似之间。民歌里有一些是很空灵的，并不都是质实的。一个作家读一点民间文学有什么好处？我以为首先是涵泳其中，从群众那里吸取甘美的诗的乳汁，取得美感经验，接受民族的审美教育。

我曾经编过大约四年《民间文学》，后来写了短篇小说。要问我从民间文学里得到什么具体的益处，这不好回答。这不能像《阿诗玛》里所说的那样：吃饭，饭进到肉里；喝水，水进了血里。要指出我的哪篇小说受了哪几篇民间文学的影响，是不可能的。不过有两点可以说一说。一是语言的朴素、简洁和明快。民歌和民间故事的语言没有含糊费解的。我的语言当然是书面语言，但包含一定的口头性。如果说我的语言还有一点口语的神情，跟我读过上万篇民间文学作品是有关系的。其次是结构上的平易自然，在叙述方法上致力于内在的节奏感。民间故事和叙事诗较少描写，偶尔也有，便极精彩。如孙剑冰同志所记内蒙古故事中的“鱼哭了，流出长长的眼泪”。一般的故事和民间叙事诗多侧重于叙述，但是叙述的节奏感很强。“三度重叠”便是民间文学的一种常见的美学法则。重叙述，轻描写，已经成为现代小说的一个显著特点。在这一点上，小说需要向民间文学学习的地方很多。

我认为，一个作家要想使自己的作品具有鲜明的民族风格、民族特点，离开学习民间文学是绝对不行的。

我的话说得很直率，但确是由衷之言，肺腑之言。

名实篇

我浑身上下无名牌，除了口袋里有时有一盒名牌烟。叫我谈名牌，实在是赶鸭子上架。我只能说一点极其一般的老生常谈。

“牌子”是外来语，中国原先没有这个东西。“牌子”是商标，更精确一点，是“注册商标”，原文是trade mark。最初引进的可能是广东人。广东四五十年前出了一种花露水，瓶子上贴了印了两个广东妞的图画，有字“双妹唛”——后来为了通行全国，改成了“双妹老牌花露水”。但是“唛”这个字并未消失。有一种长方形扁铁桶装的花生油，还叫作“骆驼唛”。我的女儿管这种油叫作“骆驼妈”。

中国没有牌子，但有字号。有的字号标明××为记，这“为记”实近似商标。如北京后门桥一家卖酱菜的在门口挂一个大葫芦，这本是一个幌子，但成了这一家的字号，有一个时期与六必居、天源鼎足而立，后来不知道为什么歇业了。有的药品以创制的人为记。昆明云南白药的方单印着曲焕章的照片，北京长春堂的避瘟散的外包装上印着发明这种药的老道的像。曲焕章、老道的玉照，实起了牌子的作用。老字号、名牌，有时是分不清的。王麻子、张小泉，是字号，也是商标。

牌子的兴起，最初大概是香烟。人们买烟，都得认准了是什么牌子的。一时从南到北，到处充斥各种中外名牌烟：555、三炮台、绞盘牌、老刀牌、红锡包；骆驼牌、Lucky Strike、吉士斐儿、万宝路……中国烟则有大前门、美丽牌。其后才出现别种名牌商品。最初是“天虚我生新发明”的无敌牌牙粉、三友实业社的三角牌床单、天厨味精、奇异牌电灯泡……这些名牌，有的退步了，有些消失了。考察一下名牌的兴衰史，可以作为今天创保名牌的借鉴。

名的基础是实。“名者实之宾”“实至名归”，这是常识，也是真理。要出名，先得东西地道。北京人的俗话说：“人叫人千声不语，货叫人点手就来。”说得很形象。

创名牌不易，保名牌尤难。关键是质量。昆明吉庆祥的火腿月饼我以为是天下第一。前几年有人给我带了一盒“四两砣”（旧秤四两一个），质量和我四十年前在昆明吃的还是一样。而过桥米线、汽锅鸡则完全不是那么一回事了！

以烟卷为例。“红塔山”现在已经是无可争议的国产烟的头块牌了。原来可不是这样。在云南名烟中，“红塔山”只是位居第三。为什么能够力挫群雄，扶摇直上呢？因为玉溪卷烟厂非常重视质量，厂的领导认为质量是企业的生命。他们严格把好两道质量关。一是保证烟叶的质量。他们说玉烟的第一车间不在厂里，而在田间。厂方对烟农在农药、化肥等方面给予很大的帮助，但有一个条件：你得给我一级烟叶。二是烟叶在制造前一定要储存两年至两年半，这样才能把烟叶中的杂味挥发掉。中药铺的制药作坊挂着一副对子：“修合虽无人见，存心自有天知。”制烟也是这样。烟叶的质量、储存时间，是没有人看见的。但是烟也有“天”，这个“天”就是烟民的感觉。

名牌是要靠宣传的，就是做广告。“桃李不言，下自成蹊”是过于古典的说法。“酒好不怕巷子深”未必然。小酒铺贴对联“隔壁三家醉，开坛十里香”，是宣传，是广告，而且很夸张。广告，总要夸张，但是夸张得有谱。有的广告实在太离谱。上海过去有一个叫黄楚九的人，此人全靠广告起家。他发明了一种药叫“百龄机”，大做广告。他出过一本画册，宣传百龄机“有意想不到之功效”，请上海的名画家作画，图文并茂，每一页宣传意想不到的功效中的一项。有一页画的是一个人在小便，文曰：“小便远射有力。”因为这种功效真是“意想不到”，给我留下的印象很深。但是我不会去买百龄机的，因为小便是否远射有力，关系不大。现在有许多高级补药，我看到广告言过其实，总不免想到百龄机，想到小便远射有力。

广告是一门艺术。广告语言要有点文学性。广告语言中最好的，我以为是丰田汽车广告牌上的“车到山前必有路，有路便有丰田车”，头一句运用中国谚语很巧妙，下接“有路便有丰田车”，读起来非常顺口。美丽牌香烟在《申报》《新闻报》做全幅广告，只是两句话——“有美皆备，无丽不臻”，虽然两句的意思是一样的，在诗律中是“合掌”，但是简单明了。而且大家看得多了，便记得住。其次是图像。万宝路在各画报、杂志上登的广告，都是同一个牛仔。这个牛仔的形象、气质和万宝路的烟味有相通处，是一幅成功的广告。听说这个牛仔前两年死了，那万宝路以后靠谁来做广告呢？广告上出现的人物形象得讨人喜欢。七喜电视广告上的那个女孩就很可爱。康莱蛋卷广告上的那个男孩，“康莱，把营养和美味，卷起来！”看了那个孩子，叫人很想买一盒康莱蛋卷嚼嚼。有的广告是失败的，如一个风雨衣厂的广告，看了叫人莫名其妙。

随着商品经济的发展，名牌的破土解箨，应该培养人们的名牌意识，有些观念需要改变。比如“价廉物美”，在高消费时期就不适用，应该代之以“价高物美”。现在“价廉物美”的陈旧观念，还在束缚着一些企业的手脚。

名牌意识的普及，有几个方面，一是企业家，一是消费者，一是工商业的领导。名牌需要保护，需要特殊照顾。最重要的是保障原料的供应。举一个例，昆明的汽锅鸡、过桥米线为什么质量下降？因为汽锅鸡、过桥米线过去用的鸡都是“武定壮鸡”——一种动了特殊手术的肥母鸡，现在武定壮鸡几乎没有了，用人工饲养的肉鸡，怎么能做得出不减当年的汽锅鸡和过桥米线呢？要恢复当年的汽锅鸡、过桥米线，首先应恢复武定壮鸡的生产。

造屋为人

世界上有各种房屋，各有各的用处，形制也就不同。长城为了防御（如果把长城也算是房屋），太和殿是为了皇帝临朝议政的，午门是为了献俘，祈年殿为了祈年。外国的，凯旋门是为了纪念战功，白宫是总统办公室。比萨斜塔是干什么用的，我就不知道了。但是绝大多数的房屋是为了住人的。从鄂温克族的“撮罗子”、内蒙古草原的蒙古包，到故宫的御花园，都是如此。

住房的风格是和人的精神，人的生活意识、文化意识相一致的。北京的四合院是典型的中国人的住宅，是一种保守的建筑形式。“四合院”的精义在一个“合”字。中国人讲究“睦邻”——处街坊，街坊以外，就很少往来。我到皖南黟县参观过古民居，民居多低小，堂屋、两厢都小。那么小小的房子还要盖出一楼一底，走进去好像连腰都伸不直。通风、采光都不好，大上午，房间里光线也像是黄昏了，黑洞洞的。这样小的房子，门窗、隔扇却都雕镂得很精细。这样的民居比北京的四合院还要保守，这种民居格局也反映出商人思想的保守——民居主人多为商人，善做木材生意。有一家堂屋里挂了一副朱红的木刻对联，联文如下：“做官好，为商好，学好便好；创业难，守成难，知难不难。”这对联的核心是“守成”。美国的民居大都是一家一座，一家跟一家不挨着，没有围墙，但是门窗都紧闭着，看不见里面的主人在干什么。我问过美国人：“你们干吗要把房子盖成这样？”美国人说：“我们都是个人主义者，不愿意叫人干扰我们的生活。”在美国，倘非事前约好，是不能随便上人家串门聊天的。

这几年，北京盖了不少居民楼，对缓解房屋紧张起了很大的作用，是市政府的一项德政。但是千篇一律，从外到内，都是一样。怎样使民居体现社会主义精神文明，这还是一个值得研究的问题。

我的理想的居室是什么样的呢？一要比较宽敞，也不要太大。苏州的拙政园，我就觉太大了，而且散漫无章法。网师园就挺好，也开阔，也幽深，小巧玲珑，便于闲坐待客。我现在的房子过于逼仄，到处是书，几无下脚处。要写点东西，得把桌上的书报搬到床上堆着，晚上睡觉再搬回桌上。我的书大部分不上架，我自己写的书有一些收到后不能开封，只好在墙角码起来。我希望有一间大一点的书斋，除了书桌，还放得下写字画画的案子。希望在设计时就安排好摆书橱、挂字画的地方，这样才像一个知识分子的家。另外，要有个能坐下七八个客人的会客室；厨房也要稍大一些，伸手够得着坛坛罐罐——我是自己做饭的。但是什么时候才能实现我的理想呢？尝作打油诗自嘲：

年年岁岁一床书，
弄笔晴窗且自娱。
更有一般堪笑处，
六平方米作郇厨。

等着吧。“面包会有的，什么都会有的”。

一九九五年十月十五日

梦见沈从文先生

夜梦沈从文先生。

梦见《人民文学》改了版，成了综合性的文学刊物。除整块整块的作品外，也发一些文学的随笔、杂记、评论。主编崔道怡。我到编辑部小坐。屋里无人。桌上有一份校样，是沈先生的一篇小说的续篇。拿起来看了一遍，写得还是很好。有几处我觉得还可再稍稍增饰发挥，就拿起笔来添改了一下。拿了校样，想找沈先生看一看，是否妥当。沈先生正在隔壁北京市文联开会（沈先生很少到市文联开会）。一出门，见沈先生迎面走来，就把校样交给他。沈先生看了，说："改得好！我多时不写小说，笔有点僵了，不那么灵活了。笔这个东西，放不得。"

"……文字，还是得贴紧生活。用写评论的语言写小说，不成。"

我说现在的年轻作家喜欢在小说里掺进论文成分，以为这样才深刻。

"那不成。小说是小说，论文是论文。"

沈先生还是那样，瘦瘦的，穿一件灰色的长衫，走路很快，匆匆忙忙的，挟着一摞书，神情温和而执着。

在梦中我没有想到他已经死了。我觉得他依然温和执着，一如既往。

我很少做这样有条有理的梦（我的梦总是飘飘忽忽，乱糟糟的），并且醒后还能记得清清楚楚（一些情节，我在梦中常自以为记住了，醒来却忘得一干二净）。醒来看表，四点二十分，怎么会做这样的梦呢？沈先生在我的梦里说的话并无多少深文大义，但是很中肯。

一九九七年四月三日清晨

铁凝印象

“我对给他人写印象记一直持谨慎态度，我以为真正理解一个人是困难的，通过一篇短文便对一个人下结论则更显得滑稽。”铁凝说得很对。我接受了让我写写铁凝的任务，但是到快交卷的时候，想了想，我其实并不了解铁凝，也没有更多的时间温习一下一些印象的片段，考虑考虑。文章发排在即，只好匆匆忙忙把一枚没有结熟的“生疙瘩”送到读者面前，——张家口一带把不熟的瓜果叫作“生疙瘩”。

四次作代会期间，有一位较铁凝年长的作家问铁凝：“铁凝，你是姓铁吗？”她正儿八经地回答：“是呀。”这是一点小狡狯。她不姓铁，姓屈，屈原的屈。我不知道她为什么不告诉那年纪稍长的作家实话。姓屈，很好嘛！她父亲作画署名“铁扬”，她们姊妹就跟着一起姓起铁来。铁凝有一个值得叫人羡慕的家庭，一个艺术的家庭。铁凝是在一个艺术的环境里长大的。铁扬是个“不凡”的画家。——铁凝拿了我在石家庄写的大字对联给铁扬看，铁扬说了两个字：“不凡。”我很喜欢这个高度概括，无可再简的评语，这两个字我可以回赠铁扬，也同样可以回赠给他的女儿。铁凝的母亲是教音乐的。铁扬夫妇是更叫人羡慕的，因他们生了铁凝这样的女儿。“生子当如孙仲谋”，生女当如屈铁凝。上帝对铁扬一家好像特别钟爱。且不说别的，铁凝每天要供应父亲一瓶啤酒。一瓶啤酒，能值几何？但是倒在啤酒杯里的，是女儿的爱！

上帝在人的样本里挑了一个最好的，造成了铁凝。又聪明，又好看。四次作代会之后，作协组织了一场晚会，让有模有样的作家登台亮相。策划这场晚会的，是疯疯癫癫的张辛欣和《人民文学》的一个胖胖乎乎的女编辑——对不起，我忘了她叫什么。二位一致认为，一定得让铁凝出台。那位小胖子也是小疯子的编辑，说：“女作家里，我认为最漂亮的是铁凝！”我准备投她一票，但我没有表态，因为女作家选美，不干我这大老头什么事。

铁凝长得不高不矮，不胖不瘦。两腿修长，双足秀美，行步动作都很矫健轻快。假如要用最简练的语言形容铁凝的体态，只有两个最普通的字：挺拔。她面部线条清楚，不是圆乎乎的像一颗大青白杏儿。眉浓而稍直，眼亮而略狭长。不论什么时候都是精精神神、清清爽爽的，好像是刚刚洗了一个澡。我见过铁凝的一些照片。她的照片大致可分为两类。一类是露齿而笑的。不是“巧笑倩兮”那样自我欣赏，也叫人欣赏的“巧笑”，而是坦率真诚、胸无渣滓的开怀一笑。一类是略带忧郁的沉思。大概这是同时写在她的眉宇间的性格的两个方面。她有时表现出有点像英格丽褒曼的气质，天生的纯净和高雅。有一张放大的照片，梳着蓬松的鬈发（铁凝很少梳这样的发型），很像费雯丽。当我告诉铁凝，铁凝笑了，说：“又说我像费雯丽，你把我越说越美了。”她没有表示反对。但是，铁凝不是英格丽褒曼，也不是费雯丽，铁凝就是铁凝，人世间只有一个铁凝。

铁凝胆子很大。我没想到她爱玩枪，而且枪打得不错。她大概也敢骑马！她还会开汽车。在她挂职到涞水期间，有一次乘车回涞水，从驾驶员手里接过方向盘，呼呼就开起来。后排坐着两个干部，一个歪着脑袋睡着了，另一个推醒了他，说：“快醒醒！你知道谁在开车吗？——铁凝！”睡着了的干部两眼一睁，睡意全消。把性命交给这么个姑奶奶手上，那可太玄乎了！她什么都敢干。她写东西也是这样，什么都敢写。

铁凝爱说爱笑。她不是腼腆的，不是矜持渊默的，但也不是家雀一样叽叽喳喳，吵起来没个完。有一次，我说了一个嘲笑河北人的有点粗俗的笑话：一个保定老乡到北京，坐电车，车门关得急，把他夹住了。老乡大叫：“夹住俺腚了！夹住俺腚了！”售票员问：“怎么啦？”——“夹住俺腚了！”售票员明白了，说：“北京这不叫腚。”——“叫什么？”——“叫屁股。”——“哦！”——“老大爷你买票吧。您到哪儿呀？”——“安屁股门！”铁凝大笑，她给续了一段：“车开了，车上人多，车门被挤开了，老乡被挤下去了——哦，自动的！”铁凝很有幽默感，这在女作家里是比较少见的。

关于铁凝的作品，我不想多谈，因为我只看过一部分，没有时间通读一遍，就印象言，铁凝的小说也可以大致分为两类。一类是像《哦，香雪》一样清新秀润的。“清新”二字被人用滥了，其实这是很不容易做到的。河北省作家当得起“清新”二字的，我看只有两个人，一是孙犁，一是铁凝。这一类作品抒情性强，笔下含蓄。另一类则是社会性较强的，笔下比较老辣。像《玫瑰门》里的若干章节，如“生吃大黄猫”，下笔实可谓带着点残忍，惊心动魄。王蒙深为铁凝丢失了清新而惋惜，我见稍有不同。现实生活有时是梦，有时是严酷的，粗粝的。对粗粝的生活只能用粗粝的笔触写之。即使是女作家，也不能一辈子只是写“女郎诗”。我以为铁凝小说有时亦有男子气，这正是她在走向成熟的路上迈出的坚实的一步。

我很希望能和铁凝相处一段时间，仔仔细细读一遍她的全部作品，好好地写一写她，但是恐怕没有这样的机遇。而且，一个人感觉到有人对她跟踪观察，便会不自然起来。那么，到哪儿算哪儿吧。

一九九七年五月八日凌晨

老学闲抄（其一）

二十年前旧板桥

郑板桥的字画上常常可以看到一方图章，文曰“二十年前旧板桥”。初不知出处，以为是板桥自撰，而且觉得这里面有些牢骚。间亦怀疑：为什么是“二十年前”呢？这从什么时候算起？是从他中了进士以后？当了县太爷以后？还是他的书画出了大名以后？也不能老是“二十年前”呀？三四十岁时说是“二十年前”，六七十岁时还是“二十年前”？近读《升庵诗话》，才知道这是刘禹锡的诗，不是板桥自撰。《升庵诗话》载：“《丽情集》载湖州妓周德华者，刘采春女也，唱刘禹锡柳枝词云：‘春江一曲柳千条，二十年前旧板桥。曾与美人桥上别，恨无消息到今朝。’”《升庵诗话》称“此诗甚佳，而刘集不载”。郑板桥是从哪里读到这首诗的？是从《丽情集》中，还是他看的是杨升庵所转录？郑板桥大概是因为诗中有“板桥”二字，正合他的别号，很喜欢，便取来刻了一方图章，别无深意。他是否还曾与一位美人桥上相别，以此来纪念她？未必。牢骚是可能有一点的。文人画家总有一段不得意的时候，一旦成名，便会有这样的感慨：我还是从前的我，只是你们先前不长眼睛罢了！“二十年前”只是说从前，非确指。郑板桥的牢骚并不太甚。扬州八怪的遭际其实都是比较顺的，不像汪容甫（中）那样孤露寒苦，俯仰由人。

冯乐山的寿联

曹禺的剧本《家》，有一场写高老太爷祝寿。这一天冯乐山送来一副寿联：

> 翁之乐者山林也
> 客亦知夫水月乎

这副寿联真是精彩！用了两个前人的全句。上联出自《醉翁亭记》，下联出自《赤壁赋》。自然浑成，天衣无缝。用作寿联，既扣了寿翁，也扣了寿辰，不即不离，亦虚亦实，真是别开生面，善颂善祷！ 我当时（四十多年前我演过这个戏）佩服得不得了。近读韦居安《梅诗话》，发现这原是方秋崖《送客水月园》诗中的两句，不是什么创作。但把这两句诗移作寿联，则很可能是曹禺的创作。

我想曹禺同志是读过《梅诗话》的，知道诗的出处的，但是在剧本中未予点破。我想还是以点破为好，否则就便宜了冯乐山这老小子，让人觉得冯乐山虽然人品恶劣，才情学问还是有的。点破了，让人知道这老东西不但是假道学，伪君子，而且善于欺世盗名，抄了别人的东西，还要在大庭广众之中自鸣得意，真是厚颜无耻。有这一笔，可以对冯乐山的性格刻画得更加入木三分。总不能由着这老家伙把大家伙儿全都蒙了过去！

怎样点破，当面揭了他的老底？那样就会使冯乐山下不来台？这会成为这场戏的轩然大波，恐怕这场戏就要大大改写。为求息事宁人，戏也不至伤筋动骨，似以侧面点破为好。由谁来点破？小字辈里总可找一个合适的人的。

质之曹禺同志，不知以为然否？

打油诗

打油诗的代表作是张打油（传为唐人）的《雪诗》：

江上一笼统，井上黑窟窿，
黄狗身上白，白狗身上肿。

一般都以为诗写得俚俗可笑者为“打油诗”，承认这也是一体，但是不能登大雅之堂。但是，清人的诗话中就有称赞此诗“奇绝”的。我也以为这实在是奇绝，尤其是“井上黑窟窿”。大雪之后，郊原一望，很多人都有这印象，但是没有人写过。

《升庵诗话》“劣唐诗”条引了好些唐人的劣诗。有的确实是恶劣。如“莫将闲话当闲话，往往事从闲话生”，真不像是诗。但他举出“水牛浮鼻渡，沙鸟点头行”，以为“此类皆下净优人口中语”，我却未敢苟同。我以为这写得很生动。水牛浮鼻而渡，为水乡常见之景，非生长水乡的人道不出。徐悲鸿、李可染都曾画过浮鼻的水牛。唯沙鸟始能一步一点头，黄永玉画沙洲雪后，有此意境。若水鸟凫雁，是不会有这样的神态的。体物之工，人所不及。

我建议编一本古今打油诗选，选得严一点，要生动有情致，不要专重滑稽。

老学闲抄（其二）

皇帝的诗

我的家乡高邮是个泽国，经常闹水灾。境内有高邮湖，往来旅客，多于湖边泊船，其中不乏骚人墨客，写了一些诗。高邮县政协盂城诗社寄给我一册《珠湖吟集》，是历代写高邮湖的。我翻看了一遍，不外是写湖上风景、水产鱼虾，写旅兴或旅愁，很少涉及人民生活的，大都无甚深意，没有什么分量。看多了有喝了一肚子白开水之感。奇怪的是，写得很有分量的，倒是两位清朝皇帝的诗。一首是康熙的，一首是乾隆的，录如下：

《高邮湖见居民田庐多在水中因询其故恻然念之》（康熙）

淮扬罹水灾，流波常浩浩。

龙舰偶经过，一望类洲岛。

田亩尽沉沦，舍庐半倾倒。

茕茕赤子民，栖栖卧深潦。
对之心惕然，无策施襁褓。
夹岸罗黔黎，跽陈进耆老。
谘诹不厌频，利弊细探讨。
饥寒或有由，良惭奉苍颢。
古人念一夫，何况睹枯槁。
凛凛夜不寐，忧勤惄如捣。
亟图浚治功，拯济须及早。
会当复故业，咸令乐怀保。

《高邮湖》（乾隆）
淮南古泽国，高邮更巨浸。
诸湖率汇兹，万顷波容任。
洒火含阴精，孕珠符祥谶。
堤岸高于屋，民居疑地窨。
嗟我水乡民，生计惟罟罧。
菱芡佐饔飧，舴艋待佣赁。
其乐实未见，其艰亦已甚。

乾隆这首诗写得真切沉痛，和刻在许多名胜古迹的御碑上的满篇锦绣珠玑的七言律诗或绝句很不相同。“其乐实未见，其艰亦已甚”，慨乎言之，不啻是在载酒的诗翁悠然的脑袋上敲了一棒。比较起来，康熙的一首写得更好一些，无雕饰，无典故，明白如话。难得的是民生的疾苦使一位皇帝内心感到惭愧。“凛凛夜不寐，忧勤惄如捣”虽然用的是成句，但感情是真挚的。这种感情不是装出来的，他没有必要装，装也装不出来。

康熙和乾隆都是有作为的皇帝。他们的几次南巡，背景和目的是什么，我没有考察过，但绝不只是游山玩水，领略南方的繁华佳丽（不完全排除这一因素）。我想体察民风，俾知朝政之得失，是其缘由之一。他们真是做到了“深入群众”了，尤其是康熙。他们的关心民瘼，最终的目的，当然还是维持和巩固其统治。这也没有什么不好。他们知道，脱离人民，其统治是不牢固的。他们不只是坐在宫里看报告（奏折），要亲自下来走一走。关心民瘼，不只在嘴上说说，要动真感情。因此，我们在两三百年之后读这样的诗，还是很感动。

诗用生字

《对床夜语》（宋范晞文撰）卷五：

> 诗用生字，自是一病，苟欲用之，要使一句之意，尽于此字上见工，方为稳帖。如唐人“走月逆行云”“芙蓉抱香死”“笠卸晚峰阴”“秋雨慢琴弦”“松凉夏健人”，“逆”字、

“拖”字、“卸”字、“慢”字、“健”字，皆生字也，自下得不觉。

此言是也。

前几年有几位很有才华的年轻的作家很注意在语言上下功夫，炼字炼句，刻意求工，往往用一些怪字，使人有生硬之感。有人说，这是炼得太过了。我原先也是这样想。最近想想，觉得不是炼得太过，而是炼得还不够。如果再炼炼，就会由生入熟，本来是生字，读起来却像是熟字，“自下得不觉”。

炼字可以临时炼，对着稿纸，反复琢磨，要找一个恰当而不俗的字。但更重要的是平时的“发现”。阿城的小说里写：“老鹰在天上移来移去。”这写得好。鹰在高空，全不见翅膀动，只是“移来移去”。这个感觉抓得很准。“炼”字，无非是抓到了一种感觉。一个作家所异于常人者，也无非是对“现象”更敏感些。阿城的“移来移去”的印象，我想是早就有了，不是对着稿纸苦思出来的。

最好还是用常见的字，使之有新意。姜白石说：“人所难言，我易言之，人所常言，我寡言之，自不俗。”我之所言，也还是人之所言，不是凭空杜撰出来的。“数峰清苦，商略黄昏雨”，此境人不易到，然而“清苦”“商略”，固是平常的话也。阿城的“移来移去”，“移”字也是平常的字。

毛泽东用乡音押韵

毛主席的诗词大体上押的是“平水韵”[①]，《西江月·井冈山》是个例外。

山下旌旗在望，
山头鼓角相闻。
敌军围困万千重，
我自岿然不动。
早已森严壁垒，
更加众志成城。
黄洋界上炮声隆，
报道敌军宵遁。

这首词押的不是“平水韵”。当然也不是押的北方通俗韵文所用的“十三辙”。如果用听惯“十三辙”的耳朵来听，就会觉得不很协韵，“闻”“重”“动”“城”“隆”“遁”，怎么能算是一道韵呢？这不是“中东”“人辰”相混吗？稍一琢磨，哦，这首词是照湖南话押的韵。照湖南话，“重”音chen，“动”音den，

① “平水韵”原为金代官韵书，供科举考试之用，因为在平水刊行，故名。明清以来作“近体诗”者多以“平水韵”为依据，沿用至今。

“城”音chen，“隆”音len，“遁”音den，其韵尾都是en，正是一道韵。用湖南话读起来会觉得非常和谐。在战争环境里，无韵书可查，毛主席用湖南话押韵大概是不知不觉的。

毛西河说：“词本无韵。”不是说词可以不押韵，而是说既没有官颁的韵书可遵循，也不像写北曲似的要以具有权威性的《中原音韵》为依据，可以比较自由。好像没有听说过谁编过一本“词韵”。张玉田谓“词以协律，当以口舌相调”，即只能靠读或唱起来的感觉来决定。既然如此，填词的人在笔下流出自己的乡音，便是很自然的事。

中国语音复杂，不可能定出一本全国通行，能够适合南北各地的戏曲、曲艺的“官韵”。北方戏、曲种大部分依照“十三辙”。但即是“十三辙”也很麻烦，山西话把“人辰”都读成了“中东”。京剧这两道辙也常相混，京剧演员，尤其是老生，认为“中东唱人辰，怎么唱也不丢人”。看来只有“以口舌相调”，凭感觉。现在写戏曲、曲艺，写新诗（如果押韵）乃至填词，只能用鲁迅主张的办法：押大致相同的韵。写“近体诗”的如果愿意恪守“平水韵”，自然也随便。

一九九〇年十月二十五日

彩云聚散

蕉叶白

我的祖父有几件心爱的宝贝，一到“闹兵荒”，就叫我的父亲用油布包好，埋在我母亲病逝前住的一个小院的地下，把小院的门用砖砌死。一是《云麾将军碑》，一是一块蕉叶白大端砚，还有一件是什么东西我不记得了。《云麾将军碑》是初拓本。流传的《云麾将军碑》都有残缺，此帖一字不残，当是宋拓，为海内孤本，故极珍贵。“蕉叶白”我没有见过，据父亲说是浅绿色的，难得的是叶脉纹理都是自然生成的，放在桌上，和一片芭蕉叶一模一样。这几件东西都是祖父从十八鹤来堂夏家的后人手里买下的。十八鹤来堂是夏之蓉的堂。夏之蓉是本县名臣，他做过多大的官我不甚了然，只知道他是桐城派古文大家，我小时曾背过他的一两篇文章。据说他建造厅堂时飞来十八只仙鹤，遂以“鹤来”作为堂名。夏之蓉死后，夏家逐渐衰败，后人只得靠变卖祖产为生。“蕉叶白”、《云麾将军碑》就是一次卖给我的祖父的。同时买进的还有几大箱碑帖。有些碑帖其实是很珍贵的，夏家后人都不当一回事！我小时临过褚河南的《圣教序》，就是祖父从大箱子里挑选出来给我的。我到现在写的字还有点褚河南的笔意，真是令人感慨……

《云麾将军碑》一直在我父亲那里。我曾写信给父亲让他把《云麾将军碑》寄到北京来由我保存，父亲说他要捐献给政府，那还有什么说的呢。“蕉叶白”本在我的一个异母弟弟手里，不知道被他弄到哪里去了。

田黄

我父亲有三块田黄图章，都不大。一块是方的，一块是长方的，一块将就石料，不成形，都恬润似鸡油。数这块不成形的值钱，因为有文三桥刻的边款——印文叫一个不识货的无知的人磨去了，很可惜。我父亲对这三块图章极为珍视，自己用玻璃条做了一个盒子，把三块图章嵌在底座上，置之案头，随时观赏。屡经变乱，无法重问这三块田黄的下落了。

我们那里特重鸡血，一般索价比田黄还高，然亦视石地与“血”的颜色而大有高低。凡品并不难得。兴化有两方闻名远近的鸡血章，底子是藕粉底，极纯净，“血”不散乱，映着日光，从近乎透明的底子外面，可以清楚地看到两石各有鲜血似的一滴血，正在往下滴。我父亲曾专到兴化，去看过这两块鸡血章，终因价钱过高，没有买，事后觉得非常可惜。

珍珠

我有一个堂叔在本家中是比较有钱的，他结婚时新娘子的鞋尖上缀的两颗珍珠有指头顶大。他的家产都被他从鸦片烟枪里抽掉了。他抽鸦片谱很大，穷得什么都没有了，到鸦片烟馆里，只能在地下铺一张席子，枕一块砖头，就是这样，他还不自己烧烟，得有人烧了烟泡，给他装在斗上。

“人老珠黄”，珠子老了，就失去容光，不值钱了。但老珠子有老珠子的用处，入药。我父亲合眼药，要用珍珠，而且还是要用人戴过的。父亲跟我祖母要去她的帽子上的珍珠。我们家几代家传看眼科，父亲熬眼药极虔诚，三天前就沐浴。熬制时把自己关在小花园内，不跟人接触。他的眼药里还有熊胆之类的名贵药材。

怀念德熙

德熙原来是念物理系的，大学二年级，才转到中文系来。他的数学底子很好。这样，他才能和王竹溪先生合作，测定一件青铜器的容积。

我和德熙在大学一年级时就认识。我们的认识是因为在一起唱京剧。有时也一同去看厉家班的戏。后来云南大学组织了一个曲社，我们一起去拍曲子，做“同期”，几乎一次不落。我后来不唱昆曲了，德熙是一直唱着的。他的爱好影响了他的夫人何孔敬。他们到美国去，我想是会带一支笛子去的。

德熙不藏字画。他家里挂着的只有一条齐白石的水印木刻梨花，和我给他画的墨菊横幅。他家里没有什么贵重的摆设，但是窗明几净，一尘不染，瓶花灯罩朴朴素素，位置得宜，表现出德熙一家的审美趣味。

同时具备科学头脑和艺术家的气质，我以为是德熙能在语言学、古文字学上取得很大成绩的优越条件。也许这是治人文科学的学者都需要具备的条件。

德熙的治学，完全是超功利的。在大学读书时，他生活清贫，但是每日孜孜，手不释卷。后来在大学教书，还兼了行政职务，往来的国际、国内学者又多，很忙，但还是不知疲倦地从事研究、写作。我每次到他家里去，总看到他的书桌上有一篇没有写完的论文，摊着好些参考资料和工具书。研究工作，在他，是辛苦的劳动，但也是一种超级的享受。他之所以乐此不倦，我觉得，是因为他随时感受到语言和古文字的美。一切科学，到了最后，都是美学。德熙上课，是很能吸引学生的。我听过不止一个他的学生说过：语法，本来是很枯燥的，朱先生却能讲得很有趣味，常常到了吃饭的钟声响了，学生还舍不得离开。为什么能这样？我想是德熙把他对于语言、对于古文字的美感传染给了学生。一个人感受到工作中的美，这样活着，才有意思。

德熙是个感情不甚外露的人，但是是一个很有感情的人。他对家人子女，第三代，都怀有一种含蓄、温和，但是很深的爱，对青年学者也是这样。我不止一次听他谈起过裘锡圭先生，语气中充满感情，好像他发现了一个天才。

德熙对师长是很尊敬的，对唐立厂先生、王了一先生、吕叔湘先生，都是如此，他后来是国际知名的学者了，但没有一般的“后起之秀”的傲气。我没有听他说过一句关于前辈的刻薄话。

德熙乐于助人，师友中遇有困难，德熙总设法帮助他“解决问题”。因此他的人缘很好。不少人提起德熙，都说“朱德熙人很好”。一个人被人说是“人很好”并不容易。我以为这是最高的称赞。

德熙今年七十二岁（他、李荣和我是同年），按说寿数也不算短，但是他还有许多工作可以做，他应该再过几年清闲安静的日子，遽然离去，叫人不得不感到非常遗憾。

特辑

受戒

受戒

明海出家已经四年了。

他是十三岁来的。

这个地方的地名有点怪，叫庵赵庄。赵，是因为庄上大都姓赵。叫作庄，可是人家住得很分散，这里两三家，那里两三家。一出门，远远可以看到，走起来得走一会儿，因为没有大路，都是弯弯曲曲的田埂。庵，是因为有一个庵。庵叫菩提庵，可是大家叫讹了，叫成荸荠庵。连庵里的和尚也这样叫。“宝刹何处？”——“荸荠庵。”庵本来是住尼姑的。“和尚庙”“尼姑庵”嘛。可是荸荠庵住的是和尚。也许因为荸荠庵不大，大者为庙，小者为庵。

明海在家叫小明子。他是从小就确定要出家的。他的家乡不叫“出家”，叫“当和尚”。他的家乡出和尚。就像有的地方出劁猪的，有的地方出织席子的，有的地方出箍桶的，有的地方出弹棉花的，有的地方出画匠，他的家乡出和尚。人家弟兄多，就派一个出去当和尚。当和尚也要通过关系，也有帮。这地方的和尚有的走得很远。有到杭州灵隐寺的、上海静安寺的、镇江金山寺的、扬州天宁寺的。一般的就在本县的寺庙。明海家田少，老大、老二、老三，就足够种的了。他是老四。他七岁那年，他当和尚的舅舅回家，他爹、他娘就和舅舅商议，决定叫他当和尚。他当时在旁边，觉得这实在是在情在理，没有理由反对。当和尚有很多好处。一是可以吃现成饭。哪个庙里都是管饭的。二是可以攒钱。只要学会了放瑜伽焰口，拜梁皇忏，可以按例分到辛苦钱。积攒起来，将来还俗娶亲也可以；不想还俗，买几亩田也可以。当和尚也不容易，一要面如朗月，二要声如钟磬，三要聪明记性好。他舅舅给他相了相面，叫他前走几步，后走几步，又叫他喊了一声赶牛打场的号子“格当嘚——”，说是“明子准能当个好和尚，我包了！”要当和尚，得下点本——念几年书。哪有不认字的和尚呢！于是明子就开蒙入学，读了《三字经》《百家姓》《四言杂字》《幼学琼林》《上论、下论》《上孟、下孟》，每天还写一张仿。村里都夸他字写得好，很黑。

舅舅按照约定的日期又回了家，带了一件他自己穿的和尚领的短衫，叫明子娘改小一点，给明子穿上。明子穿了这件和尚短衫，下身还是在家穿的紫花裤子，赤脚穿了一双新布鞋，跟他爹、他娘磕了一个头，就随舅舅走了。

他上学时起了个学名，叫明海。舅舅说，不用改了。于是“明海”就从学名变成了法名。

过了一个湖。好大一个湖！穿过一个县城。县城真热闹：官盐店，税务局，肉铺里挂着成片的猪，一个驴子在磨芝麻，满街都是小磨香油的香味，布店，卖茉莉粉、梳头油的什么斋，卖绒花的，卖丝线的，打把式卖膏药的，吹糖人的，耍蛇的……他什么都想看看。舅舅一劲地推他："快走！快走！"

到了一个河边，有一只船在等着他们。船上有一个五十来岁的瘦长瘦长的大伯，船头蹲着一个跟明子差不多大的女孩子，在剥一个莲蓬吃。明子和舅舅坐到舱里，船就开了。

明子听见有人跟他说话，是那个女孩子。

"是你要到荸荠庵当和尚吗？"

明子点点头。

"当和尚要烧戒疤噢！你不怕？"

明子不知道怎么回答，就含含糊糊地摇了摇头。

"你叫什么？"

"明海。"

"在家的时候？"

"叫明子。"

"明子！我叫小英子！我们是邻居。我家挨着荸荠庵。——给你！"

小英子把吃剩的半个莲蓬扔给明海，小明子就剥开莲蓬壳，一颗一颗吃起来。

大伯一桨一桨地划着，只听见船桨拨水的声音：

“哔——许！哔——许！”

……

荸荠庵的地势很好，在一片高地上。这一带就数这片地高，当初建庵的人很会选地方。门前是一条河。门外是一片很大的打谷场。三面都是高大的柳树。山门里是一个穿堂。迎门供着弥勒佛。不知是哪一位名士撰写了一副对联：

大肚能容容天下难容之事

开颜一笑笑世间可笑之人

弥勒佛背后，是韦驮。过穿堂，是一个不小的天井，种着两棵白果树。天井两边各有三间厢房。走过天井，便是大殿，供着三世佛。佛像连龛才四尺来高。大殿东边是方丈，西边是库房。大殿东侧，有一个小小的六角门，白门绿字，刻着一副对联：

一花一世界

三藐三菩提

进门有一个狭长的天井，几块假山石，几盆花，有三间小房。

小和尚的日子清闲得很。一早起来，开山门，扫地。庵里的地铺的都是箩底方砖，好扫得很，给弥勒佛、韦驮烧一炷香，正殿的三世佛面前也烧一炷香、磕三个头，念三声“南无阿弥陀佛”，敲三声磬。这庵里的和尚不兴做什么早课、晚课，明子这三声磬就全都代替了。然后，挑水，喂猪。然后，等当家和尚，即明子的舅舅起来，教他念经。

教念经也跟教书一样，师父面前一本经，徒弟面前一本经，师父唱一句，徒弟跟着唱一句。是唱哎。舅舅一边唱，一边还用手在桌上拍板。一板一眼，拍得很响，就跟教唱戏一样。是跟教唱戏一样，完全一样哎。连用的名词都一样。舅舅说：念经，一要板眼准，二要合工尺。说：当一个好和尚，得有条好嗓子。说：民国二十年闹大水，运河倒了堤，最后在清水潭合龙，因为大水淹死的人很多，放了一台大焰口，十三大师——十三个正座和尚，各大庙的方丈都来了，下面的和尚上百。谁当这个首座？推来推去，还是石桥——善因寺的方丈！他往上一坐，就跟地藏王菩萨一样，这就不用说了；那一声“开香赞”，围看的上千人立时鸦雀无声。说：嗓子要练，夏练三伏，冬练三九，要练丹田气！说：要吃得苦中苦，方为人上人！说：和尚里也有状元、榜眼、探花！要用心，不要贪玩！舅舅这一番大法说得明海和尚实在是五体投地，于是就一板一眼地跟着舅舅唱起来：

“炉香乍爇——”

“炉香乍爇——”

“法界蒙熏——”

“法界蒙熏——”

“诸佛现全身……”

“诸佛现全身……”

……

等明海学完了早经——他晚上临睡前还要学一段，叫作晚经——荸荠庵的师父们就都陆续起床了。

这庵里人口简单，一共六个人。连明海在内，五个和尚。

有一个老和尚，六十几了，是舅舅的师叔，法名普照，但是知道的人很少，因为很少人叫他法名，都称之为老和尚或老师父，明海叫他师爷爷。这是个很枯寂的人，一天关在房里，就是那“一花一世界”里。也看不见他念佛，只是那么一声不响地坐着。他是吃斋的，过年时除外。

下面就是师兄弟三个，仁字排行：仁山、仁海、仁渡。庵里庵外，有的称他们为大师父、二师父；有的称之为山师父、海师父。只有仁渡，没有叫他“渡师父”的，因为听起来不像话，大都直呼之为仁渡。他也只配如此，因为他还年轻，才二十多岁。

仁山，即明子的舅舅，是当家的。不叫“方丈”，也不叫“住持”，却叫“当家的”，是很有道理的，因为他确确实实干的是当家的职务。他屋里摆的是一张账桌，桌子上放的是账簿和算盘。账簿共有三本。一本是经账，一本是租账，一本是债账。和尚要做法事，做法事要收钱——要不，当和尚干什么？常做的法事是放焰口。正规的焰口是十个人。一个正座，一个敲鼓的，两边一边四个。人少了，八个，一边三个，也凑合了。荸荠庵只有四个和尚，要放整焰口就得和别的庙里合伙。这样的时候也有过。通常只是放半台焰口。一个正座，一个敲鼓，另外一边一个。一来找别的庙里合伙费事，二来这一带放得起整焰口的人家也不多。有的时候，谁家死了人，就只请两个，甚至一个和尚咕噜咕噜念一通经，敲打几声法器就算完事。很多人家的经钱不是当时就给，往往要等秋后才还。这就得记账。另外，和尚放焰口的辛苦钱不是一样的。就像唱戏一样，有份子。正座第一份。因为他要领唱，而且还要独唱。当中有一大段“叹骷髅”，别的和尚都放下法器休息，只有首座一个人有板有眼地曼声吟唱。第二份是敲鼓的。你以为这容易呀，哼，单是一开头的“发擂”，手上没功夫就敲不出迟疾顿挫！其余的，就一样了。这也得记上：某月某日、谁家焰口半台，谁正座，谁敲鼓……省得到年底结账时赌咒骂娘。……这庵里有几十亩庙产，租给人种，到时候要收租。庵里还放债。租、债一向倒很少亏欠，因为租佃借钱的人怕菩萨不高兴。这三本账就够仁山忙的了。另外香烛灯火、油盐“福食”，这也得随时记记账呀。除了账簿之外，山师父的方丈的墙上还挂着一块水牌，上漆四个红字：勤笔免思。

仁山所说当一个好和尚的三个条件，他自己其实一条也不具备。他的相貌只要用两个字就说清楚了：黄，胖。声音也不像钟磬，倒像母猪。聪明吗？难说，打牌老输。他在庵里从不穿袈裟，连海青直裰也免了。经常是披着件短僧衣，袒露着一个黄色的肚子。下面是光脚趿拉着一双僧鞋——新鞋他也是趿拉着。他一天就是这样不衫不履地这里走走，那里走走，发出母猪一样的声音：“哂——哂——”

二师父仁海。他是有老婆的。他老婆每年夏秋之间来住几个月，因为庵里凉快。庵里有六个人，其中之一，就是这位和尚的家眷。仁山、仁渡叫她嫂子，明海叫她师娘。这两口子都很爱干净，整天地洗涮。傍晚的时候，坐在天井里乘凉。白天，闷在屋里不出来。

三师父是个很聪明精干的人。有时一笔账大师兄扒了半天算盘也算不清，他眼珠子转两转，早算得一清二楚。他打牌赢的时候多，二三十张牌落地，上下家手里有些什么牌，他就差不多都知道了。他打牌时，总有人爱在他后面看歪头胡。谁家约他打牌，就说“想送两个钱给你”。他不但经忏俱通（小庙的和尚能够拜忏的不多），而且身怀绝技，会“飞铙”。七月间有些地方做盂兰会，在旷地上放大焰口，几十个和尚，穿绣花袈裟，飞铙。飞铙就是把十多斤重的大铙钹飞起来。到了一定的时候，全部法器皆停，只几十副大铙紧张急促地敲起来。忽然起手，大铙向半空中飞去，一面飞，一面旋转。然后，又落下来，接住。接住不是平平常常地接住，有各种架势，“犀牛望月”“苏秦背剑”……这哪是念经，这是耍杂技。也许是地藏王菩萨爱看这个，但真正因此快乐起来的是人，尤其是妇女和孩子。这是年轻漂亮的和尚出风头的机会。一场大焰口过后，也像一个好戏班子过后一样，会有一个两个大姑娘、小媳妇失踪——跟和尚跑了。他还会放“花焰口”。有的人家，亲戚中多风流子弟，在不是很哀伤的佛事——如做冥寿时，就会提出放花焰口。所谓“花焰口”就是在正焰口之后，叫和尚唱小调，拉丝弦，吹管笛，敲鼓板，而且可以点唱。仁渡一个人可以唱一夜不重头。仁渡前几年一直在外面，近两年才常住在庵里。据说他有相好的，而且不止一个。他平常可是很规矩，看到姑娘媳妇总是老老实实的，连一句玩笑话都不说，一句小调山歌都不唱。有一回，在打谷场上乘凉的时候，一伙人把他围起来，非叫他唱两个不可。他却情不过，说：“好，唱一个。不唱家乡的。家乡的你们都熟。唱个安徽的。”

姐和小郎打大麦，
一转子讲得听不得。
听不得就听不得，
打完了大麦打小麦。

……

这个庵里无所谓清规，连这两个字也没人提起。

仁山吃水烟，连出门做法事也带着他的水烟袋。

他们经常打牌。这是个打牌的好地方。把大殿上吃饭的方桌往门口一搭，斜放着，就是牌桌。桌子一放好，仁山就从他的方丈里把筹码拿出来，哗啦一声倒在桌上。斗纸牌的时候多，搓麻将的时候少。牌客除了师兄弟三人，常来的是一个收鸭毛的，一个打兔子兼偷鸡的，都是正经人。收鸭毛的担一副竹筐，串乡串镇，拉长了沙哑的声音喊叫：

"鸭毛卖钱——！"

偷鸡的有一件家什——铜蜻蜓。看准了一只老母鸡，把铜蜻蜓一丢，鸡婆子上去就是一口。这一啄，铜蜻蜓的硬簧绷开，鸡嘴撑住了，叫不出来了。正在这鸡十分纳闷的时候，上去一把薅住。

明子曾经跟这位正经人要过铜蜻蜓看看。他拿到小英子家门前试了一试，果然！小英子的娘知道了，骂明子：

"要死了！儿子！你怎么到我家来玩铜蜻蜓了！"

小英子跑过来：

"给我！给我！"

她也试了试，真灵，一个黑母鸡一下子就把嘴撑住，傻了眼了！

下雨阴天，这二位就光临荸荠庵，消磨一天。

有时没有外客，就把老师叔也拉出来，打牌的结局，大都是当家和尚气得鼓鼓的：“又输了！下回不来了！”

他们吃肉不瞒人。年下也杀猪。杀猪就在大殿上。一切都和在家人一样，开水、木桶、尖刀。捆猪的时候，猪也是没命地叫。跟在家人不同的，是多一道仪式，要给即将升天的猪念一道“往生咒”，并且总是老师叔念，神情很庄重：

“……一切胎生、卵生、息生，来从虚空来，还归虚空去。往生再世，皆当欢喜。南无阿弥陀佛！”

三师父仁渡一刀子下去，鲜红的猪血就带着很多沫子喷出来。

……

明子老往小英子家里跑。

小英子的家像一个小岛，三面都是河，西面有一条小路通到荸荠庵。独门独户，岛上只有这一家。岛上有六棵大桑树，夏天都结大桑葚，三棵结白的，三棵结紫的；一个菜园子，瓜豆蔬菜，四时不缺。院墙下半截是砖砌的，上半截是泥夯的。大门是桐油油过的，贴着一副万年红的春联：

向阳门第春常在

积善人家庆有余

门里是一个很宽的院子。院子里一边是牛屋、碓棚，一边是猪圈、鸡窠，还有个关鸭子的栅栏。露天地放着一具石磨。正北面是住房，也是砖基土筑，上面盖的一半是瓦，一半是草。房子翻修了才三年，木料还露着白茬。正中是堂屋，家神菩萨的画像上贴的金还没有发黑。两边是卧房。隔扇窗上各嵌了一块一尺见方的玻璃，明亮亮的——这在乡下是不多见的。房檐下一边种着一棵石榴树，一边种着一棵栀子花，都齐房檐高了。夏天开了花，一红一白，好看得很。栀子花香得冲鼻子，顺风的时候，在荸荠庵都闻得见。

这家人口不多。他家当然是姓赵。一共四口人：赵大伯、赵大妈，两个女儿——大英子、小英子。老两口没有儿子。因为这些年人不得病，牛不生灾，也没有大旱大水闹蝗虫，日子过得很兴旺。他们家自己有田，本来够吃的了，又租种了庵上的十亩田。自己的田里，一亩种了荸荠——这一半是小英子的主意，她爱吃荸荠，一亩种了茨菇。家里喂了一大群鸡鸭，单是鸡蛋鸭毛就够一年的油盐了。赵大伯是个能干人。他是一个“全把式”，不但田里场上样样精通，还会罩鱼、洗磨、凿砻、修水车、修船、砌墙、烧砖、箍桶、劈篾、绞麻绳。他不咳嗽，不腰疼，结结实实，像一棵榆树。人很和气，一天不声不响。赵大伯是一棵摇钱树，赵大娘就是个聚宝盆。大娘精神得出奇。五十岁了，两个眼睛还是清亮亮的。不论什么时候，头都是梳得滑滴滴的，身上衣服都是格铮铮的。像老头子一样，她一天不闲着。煮猪食，喂猪，腌咸菜——她腌的咸萝卜干非常好吃，舂粉子，磨小豆腐，编蓑衣，织芦篚。她还会剪花样子。这里嫁闺女，陪嫁妆，瓷坛子、锡罐子，都要用梅红纸剪出吉祥花样，贴在上面，讨个吉利，也才好看："丹凤朝阳"呀、"白头到老"呀、"子孙万代"呀、"福寿绵长"呀。二三十里的人家都来请她："大娘，好日子是十六，你哪天去呀？"——"十五，我一大清早就来！"

"一定呀！"——"一定！一定！"

两个女儿，长得跟她娘像一个模子里托出来的。眼睛长得尤其像，白眼珠鸭蛋青，黑眼珠棋子黑，定神时如清水，闪动时像星星。浑身上下，头是头，脚是脚。头发滑滴滴的，衣服格铮铮的——这里的风俗，十五六岁的姑娘就都梳上头了。这两个丫头，这一头的好头发！通红的发根，雪白的簪子！娘女三个去赶集，一集的人都朝她们望。

姐妹俩长得很像，性格不同。大姑娘很文静，话很少，像父亲。小英子比她娘还会说，一天叽叽呱呱地不停。大姐说：

"你一天到晚叽叽呱呱——"

"像个喜鹊！"

"你自己说的！——吵得人心乱！"

"心乱？"

"心乱！"

"你心乱怪我呀！"

二姑娘话里有话。大英子已经有了人家。小人她偷偷地看过，人很敦厚，也不难看，家道也殷实，她满意。已经下过小定，日子还没有定下来。她这两年很少出房门，整天赶她的嫁妆。大裁大剪，她都会。挑花绣花，不如娘。她可又嫌娘出的样子太老了。她到城里看过新娘子，说人家现在绣的都是活花活草。这可把娘难住了。最后是“喜鹊”忽然一拍屁股：“我给你保举一个人！”

这人是谁？是明子。明子念“上孟下孟”的时候，不知怎么得了半套《芥子园》，他喜欢得很。到了荸荠庵，他还常翻出来看，有时还把旧账簿子翻过来，照着描。小英子说：

“他会画！画得跟活的一样！”

小英子把明海请到家里来，给他磨墨铺纸，小和尚画了几张，大英子喜欢得了不得：

“就是这样！就是这样！这就可以乱孱！”——所谓“乱孱”是绣花的一种针法：绣了第一层，第二层的针脚插进第一层的针缝，这样颜色就可由深到淡，不露痕迹，不像娘那一代绣的花是平针，深浅之间，界限分明，一道一道的。小英子就像个书童，又像个参谋：

“画一朵石榴花！”

“画一朵栀子花！”

她把花掐来，明海就照着画。

到后来，凤仙花、石竹子、水蓼、淡竹叶、天竺果子、蜡梅花，他都能画。

大娘看着也喜欢，搂住明海的和尚头：

“你真聪明！你给我当一个干儿子吧！”

小英子捺住他的肩膀，说：

“快叫！快叫！”

小明子跪在地下磕了一个头，从此就叫小英子的娘作干娘。

大英子绣的三双鞋，方圆三十里都传遍了。很多姑娘都走路坐船来看。看完了，就说：“啧啧啧，真好看！这哪是绣的，这是一朵鲜花！”她们就拿了纸来央大娘求了小和尚来画。有求画帐檐的，有求画门帘飘带的，有求画鞋头花的。每回明子来画花，小英子就给他做点好吃的，煮两个鸡蛋，蒸一碗芋头，煎几个藕团子。

因为照顾姐姐赶嫁妆，田里的零碎生活小英子就全包了。她的帮手，是明子。

这地方的忙活是栽秧、车高田水、薅头遍草，再就是割稻子、打场了。这几茬重活，自己一家是忙不过来的。这地方兴换工。排好了日期，几家顾一家，轮流转。不收工钱，但是吃好的。一天吃六顿，两头见肉，顿顿有酒。干活时，敲着锣鼓，唱着歌，热闹得很。其余的时候，各顾各，不显得紧张。

薅三遍草的时候，秧已经很高了，低下头看不见人。一听见非常脆亮的嗓子在一片浓绿里唱：

栀子哎开花哎六瓣头哎……

姐家哎门前哎一道桥哎……

明海就知道小英子在哪里，三步两步就赶到，赶到就低头薅起草来。傍晚牵牛“打汪”，是明子的事——水牛怕蚊子。这里的习惯，牛卸了轭，饮了水，就牵到一口和好泥水的“汪”里，由它自己打滚扑腾，弄得全身都是泥浆，这样蚊子就咬不透了。低田上水，只要一挂十四轧的水车，两个人车半天就够了。明子和小英子就伏在车杠上，不紧不慢地踩着车轴上的拐子，轻轻地唱着明海向三师父学来的各处山歌。打场的时候，明子能替赵大伯一会儿，让他回家吃饭——赵家自己没有场，每年都在荸荠庵外面的场上打谷子。他一扬鞭子，喊起了打场号子：

“格当嘚——”

这打场号子有音无字，可是九转十三弯，比什么山歌号子都好听。赵大娘在家，听见明子的号子，就侧起耳朵：

“这孩子这条嗓子！”

连大英子也停下针线：

“真好听！”

小英子非常骄傲地说：

“一十三省数第一！”

晚上，他们一起看场——荸荠庵收来的租稻也晒在场上。他们并肩坐在一个石磙子上，听青蛙打鼓，听寒蛇唱歌——这个地

方以为蝼蛄叫是蚯蚓叫，而且叫蚯蚓叫“寒蛇”，听纺纱婆子不停地纺纱，“唦——”，看萤火虫飞来飞去，看天上的流星。

“呀！我忘了在裤带上打一个结！”小英子说。

这里的人相信，在流星掉下来的时候在裤带上打一个结，心里想什么好事，就能如愿。

……

“�”荸荠，这是小英子最爱干的生活。秋天过去了，地净场光，荸荠的叶子枯了——荸荠的笔直的小葱一样的圆叶子里是一格一格的，用手一捋，哔哔地响，小英子最爱捋着玩——荸荠藏在烂泥里。赤了脚，在凉浸浸滑溜溜的泥里踩着，——哎，一个硬疙瘩！伸手下去，一个红紫红紫的荸荠。她自己爱干这生活，还拉了明子一起去。她老是故意用自己的光脚去踩明子的脚。

她挎着一篮子荸荠回去了，在柔软的田埂上留了一串脚印。明海看着她的脚印，傻了。五个小小的趾头，脚掌平平的，脚跟细细的，脚弓部分缺了一块。明海身上有一种从来没有过的感觉，他觉得心里痒痒的。这一串美丽的脚印把小和尚的心搞乱了。

……

明子常搭赵家的船进城，给庵里买香烛，买油盐。闲时是赵大伯划船；忙时是小英子去，划船的是明子。

从庵赵庄到县城，当中要经过一片很大的芦花荡子。芦苇长得密密的，当中一条水路，四边不见人。划到这里，明子总是无

端端地觉得心里很紧张，他就使劲地划桨。

小英子喊起来：

“明子！明子！你怎么啦？你发疯啦？为什么划得这么快？”

……

明海到善因寺去受戒。

“你真的要去烧戒疤呀？”

“真的。”

“好好的头皮上烧八个洞，那不疼死啦？”

“咬咬牙。舅舅说这是当和尚的一大关，总要过的。”

“不受戒不行吗？”

“不受戒的是野和尚。”

“受了戒有啥好处？”

“受了戒就可以到处云游，逢寺挂褡。”

“什么叫‘挂褡’？”

“就是在庙里住。有斋就吃。”

“不把钱？”

“不把钱。有法事，还得先尽外来的师父。”

“怪不得都说‘远来的和尚会念经’。就凭头上这几个戒疤？”

“还要有一份戒牒。”

“闹半天，受戒就是领一张和尚的合格文凭呀！”

“就是！”

“我划船送你去。”

“好。”

小英子早早就把船划到荸荠庵门前。不知是什么道理，她兴奋得很。她充满了好奇心，想去看看善因寺这座大庙，看看受戒是个啥样子。

善因寺是全县第一大庙，在东门外，面临一条水很深的护城河，三面都是大树，寺在树林子里，远处只能隐隐约约看到一点金碧辉煌的屋顶，不知道有多大。树上到处挂着“谨防恶犬”的牌子。这寺里的狗出名的厉害。平常不大有人进去。放戒期间，任人游看，恶狗都锁起来了。

好大一座庙！庙门的门槛比小英子的胳膝都高。迎门矗着两块大牌，一边一块，一块写着斗大的两个大字——“放戒”，一块是“禁止喧哗”。这庙里果然是气象庄严，到了这里谁也不敢大声咳嗽。明海自去报名办事，小英子就到处看看。好家伙，这哼哈二将、四大天王，有三丈多高，都是簇新的，才装修了不久。天井有二亩地大，铺着青石，种着苍松翠柏。“大雄宝殿”，这才真是个“大殿”！一进去，凉飕飕的，到处都是金光耀眼。释迦牟尼佛坐在一个莲花座上。单是莲座，就比小英子还高。抬起头来也看不全他的脸，只看到一个微微闭着的嘴唇和胖墩墩的下巴。两边的两根大红蜡烛，一搂多粗。佛像前的大供桌上供着鲜花、绒花、绢花，还有珊瑚树、玉如意、整颗的大象牙。香炉里烧着檀香。小英子出了庙，闻着自己的衣服都是香的。挂了好些幡。这些幡不知是什么缎子的，那么厚重，绣的花真细。这么大一口磬，里头能装五担水！这么大一个木鱼，有一头牛大，漆得通红的。她又去转了转罗汉堂，爬到千佛楼上看了看。真有一千个小佛！她还跟着一些人去看了看藏经楼。藏经楼没有什么看头，都是经书！妈吔！逛了这么一圈，腿都酸了。小英子想起还要给家里打油，替姐姐配丝线，给娘买鞋面布，给自己买两个坠围裙飘带的银蝴蝶，给爹买旱烟，就出庙了。

等把事情办齐，晌午了。她又到庙里看了看，和尚正在吃粥。好大一个“膳堂”，坐得下八百个和尚。吃粥也有这样多讲究：正面法座上摆着两个锡胆瓶，里面插着红绒花，后面盘膝坐着一个穿了大红满金绣袈裟的和尚，手里拿了戒尺。这戒尺是要打人的。哪个和尚吃粥吃出了声音，他下来就是一戒尺。不过他并不真的打人，只是做个样子。真稀奇，那么多的和尚吃粥，竟然不出一点声音！她看见明子也坐在里面，想跟他打个招呼又不好打。想了想，管他禁止不禁止喧哗，就大声喊了一句：“我走啦！”她看见明子目不斜视地微微点了点头，就不管很多人都朝自己看，大摇大摆地走了。

第四天一大清早小英子就去看明子。她知道明子受戒是第三天半夜——烧戒疤是不许人看的。她知道要请老剃头师傅剃头，要剃得横摸顺摸都摸不出头发茬子，要不然一烧，就会“走”了戒，烧成了一片。她知道是用枣泥子先点在头皮上，然后用香头子点着。她知道烧了戒疤就喝一碗蘑菇汤，让它“发”，还不能躺下，要不停地走动，叫作“散戒”。这些都是明子告诉她的。明子是听舅舅说的。

她一看，和尚真在那里“散戒”，在城墙根底下的荒地里。一个一个，穿了新海青，光光的头皮上都有八个黑点子——这黑疤掉了，才会露出白白的、圆圆的“戒疤”。和尚都笑嘻嘻的，好像很高兴。她一眼就看见了明子。隔着一条护城河，就喊他：

“明子！”

“小英子！”

“你受了戒啦？”

“受了。”

“疼吗？”

“疼。”

“现在还疼吗？”

“现在疼过去了。”

“你哪天回去？”

“后天。”

“上午？下午？”

“下午。”

“我来接你！”

“好！”

……

小英子把明海接上船。

小英子这天穿了一件细白夏布上衣，下边是黑洋纱的裤子，赤脚穿了一双龙须草的细草鞋，头上一边插着一朵栀子花，一边插着一朵石榴花。她看见明子穿了新海青，里面露出短褂子的白领子，就说：“把你那外面的一件脱了，你不热呀！”

他们一人一把桨。小英子在中舱，明子扳艄，在船尾。她一路问了明子很多话，好像一年没有看见了。

她问：“烧戒疤的时候，有人哭吗？喊吗？”明子说：“没有人哭。有个山东和尚喊：‘俺不烧了！’”

她问：“善因寺的方丈石桥是相貌和声音都很出众吗？”

“是的。”

“说他的方丈比小姐的绣房还讲究？”

“讲究。什么东西都是绣花的。”

“他屋里很香？”

“很香。他烧的是伽南香，贵得很。”

“听说他会作诗。会画画，会写字？”

“会。庙里走廊两头的砖额上，都刻着他写的大字。”

“他是有个小老婆吗？”

“有一个。”

“才十九岁？”

“听说。”

“好看吗？”

“都说好看。”

“你没看见？”

“我怎么会看见？我关在庙里。”

明子告诉她，善因寺一个老和尚告诉他，寺里有意选他当沙弥尾，不过还没有定，要等主事的和尚商议。

“什么叫‘沙弥尾’？”

“放一堂戒，要选出一个沙弥头，一个沙弥尾。沙弥头要老成，要会念很多经。沙弥尾要年轻，聪明，相貌好。”“当了沙弥尾跟别的和尚有什么不同？”

“沙弥头，沙弥尾，将来都能当方丈。现在的方丈退居了，就当。石桥原来就是沙弥尾。”

“你当沙弥尾吗？”

“还不一定哪。”

“你当方丈，管善因寺？管这么大一个庙？！”

“还早哪！”

划了一气，小英子说：“你不要当方丈！”

“好，不当。”

“你也不要当沙弥尾！”

“好，不当。”

又划了一气，看见那一片芦花荡子了。

小英子忽然把桨放下，走到船尾，趴在明子的耳朵旁边，小声地说：

“我给你当老婆，你要不要？”

明子眼睛鼓得大大的。

“你说话呀！”

明子说：“嗯。”

“什么叫‘嗯’呀！要不要，要不要？”

明子大声地说：“要！”

“你喊什么！”

明子小小声说：“要——！”

“快点划！”

英子跳到中舱，两支桨飞快地划起来，划进了芦花荡。

芦花才吐新穗。紫灰色的芦穗，发着银光，软软的，滑溜溜的，像一串丝线。有的地方结了蒲棒，通红的，像一支一支小蜡烛。青浮萍，紫浮萍。长脚蚊子，水蜘蛛。野菱角开着四瓣的小白花。惊起一只青桩（一种水鸟），擦着芦穗，扑鲁鲁飞远了。

……

一九八〇年八月十二日，写四十三年前的一个梦